FOLIO POLICIER

Marcus Malte

Carnage, constellation

Gallimard

Cet ouvrage a paru aux Éditions du Fleuve Noir en 1998.

Né en 1967 à La Seyne-sur-Mer, Marcus Malte est devenu en quelques années l'un des auteurs les plus novateurs et remarqués du roman noir français. Styliste impeccable, auteur également pour la jeunesse et talent souvent primé, il a notamment écrit *Et tous les autres crèveront*, *La part des chiens*, *Intérieur nord* et *Garden of Love*.

À Milome,
sans qui rien ne serait.

PROLOGUE

HISTOIRE DE CÉSARIA

Césaria a mal aux seins, ce soir. Comme chaque soir, quand la lune est pleine. On dit que ça agit sur les femmes enceintes. Peut-être. Mais Césaria n'attend pas d'heureux événement. Rien qu'on puisse qualifier d'heureux. Elle attend le client. L'enculé qui s'ignore, le tordu, le vicelard, il y en a même qui sont réellement amoureux — et fidèles. C'est pas pour ça que c'est moins cher. Césaria n'est pas une gonzesse.

Il trouvait que ça faisait chic, ce prénom, exotique et doux, sensuel, mystérieux, que ça appelle l'amour comme les louves appellent les loups. Césaria. Un trav', c'est brésilien ou ça n'est pas. On aime à se faire sucer sur la plage, Rio, sur un air de samba ou la voix chaude de Gilberto Gil. En fermant les yeux, on a tout. Césaria a une bouche superbe, qui s'est insinué une fois en elle ne peut pas l'oublier. Mettons qu'elle soit une fille d'Ipanema, Césaria. Si elle avait pu choisir.

Dieu l'a faite homme. Elle a tendance à croire que c'est la seule erreur qu'il ait commise. Elle lui pardonne. Elle prie le matin, chaque matin, au petit jour, après la dernière passe, quand elle s'allonge pour rien d'autre que pour dormir. Une prière à sa façon, peu orthodoxe parce qu'elle n'a jamais appris. La foi lui est entrée dans le cœur comme une dent de requin le jour où sa mère est morte. Il a placé deux moignons de bougies dans deux sous-tasses, de chaque côté du lit, et il est tombé à genoux. Les mots sont venus tout seuls. Le cadavre commençait à sentir.

C'était l'été de ses quatorze ans, lorsqu'elle s'appelait encore… qui s'en soucie ? Le prénom que sa mère lui avait donné. Mais sa mère était morte, et depuis elle a oublié — qui s'en soucie du moment que ses lèvres sont douces et qu'elle bouge comme il faut bouger ? Il a soufflé les deux bougies et il est parti.

Seul, à quatorze ans, c'est l'Assistance, la DDASS, les foyers, des trucs comme ça. Les frères Valériano lui avaient souvent raconté, en bas, dans la cage d'escalier. Il n'a pas hésité longtemps. Il s'est tiré sans rien dire à personne. D'ailleurs, il n'était pas seul puisque Dieu, maintenant, le serrait fort contre sa poitrine. Tant pis pour son CAP de mécanique. La mécanique, il s'en foutait. La première nuit, il a dormi sur un banc. Heureusement que c'était l'été. La deuxième, troisième et quatrième aussi. La cinquième, il est tombé sur Casper. Pas le fantôme, mais presque.

Il venait juste de s'endormir et il rêvait que le gorille s'échappait de sa cage et se jetait sur lui pour l'étrangler — il avait passé tout l'après-midi au zoo, à ramasser les cacahuètes que les touristes laissaient tomber. Il s'est réveillé la bouche grande ouverte, à chercher l'air. Ce n'était pas un rêve. La main de Casper était plus large que celle du gorille, avec des bagouses énormes à chaque doigt. Il en a gardé longtemps les marques autour du cou.

« Qu'est-ce que tu fous ici ? Ici, c'est mon banc ! Ici, c'est ma place, face de rat ! »

Deux taches blanches, laiteuses, au plus profond d'un ciel opaque. Les yeux de Casper. Penché sur lui, sa gueule à un souffle près, l'haleine du Diable. Césaria ne s'appelait pas encore Césaria. Il fait oui, oui, oui, de la tête. Il peut à peine bouger, la gorge broyée par la main de Casper, le fantôme échappé du zoo. Il cherche l'air, puis s'évanouit.

Quand il a rouvert les yeux, il faisait jour. Casper le regardait. Son premier réflexe a été de foutre le camp, mais Casper a lancé sa main pleine de chevalières et il n'a rien pu faire. Il a bien failli pleurer, de frayeur et d'impuissance, et parce qu'il avait mal. Casper lui serrait le bras dans un étau et sa gorge le brûlait à chaque déglutition. Comme s'il avalait un œuf dur, entier, avec des éclats de coquille.

En quelques mots, Casper a mis les choses au clair. Ce sera comme ça, comme ça et comme ça. Puis il a lâché son bras. Césaria aurait pu partir. Césaria est resté.

Casper était une mine. Il lui a tout appris, tout ce qu'un homme doit connaître pour survivre sans toit, sans travail, sans famille, sans identité. « Je suis libre ! » disait souvent Casper, et il avait l'air de le croire. Césaria lui a montré le coup des cacahuètes, au zoo. Ils ne se sont plus quittés.

Les autres clodos, pauvres tarés, riaient sous cape. Casper le solitaire s'était trouvé une petite femme. Casper et sa poupée. Casper et son mignon. Ils riaient pas trop fort parce qu'ils connaissaient la poigne de Casper et le couteau de chasse à lame dentelée qu'il gardait toujours dans la poche intérieure de son imper. D'ailleurs, Césaria et lui ne les fréquentaient pas. Dans les rares occasions où Casper parlait de leurs soi-disant « frères », c'était avec un rictus de dégoût. « Ces esclaves », il disait. Il parlait pas beaucoup. Il devait se croire vraiment libre, et peut-être qu'au fond c'était vrai. Il n'était pas comme eux. Il crachait sur eux, sur leur misère, sur leur résignation, sur leur dépendance maladive, leur asservissement à l'alcool, prêts à ramper comme des limaces pour un litron de gros rouge. Il vomissait leur soumission.

Casper ne buvait pas et Césaria buvait chacune de ses paroles. Casper était assis à la droite de Dieu.

Ils avaient vite appris, tous les deux, à se partager les tâches. Efficaces. Chacun sa spécialité. Pour Casper, c'était les carrefours. Quand un pauvre pékin bloqué au feu rouge entendait taper à la vitre de sa bagnole et tournait la tête, quand il voyait ces yeux froids braqués sur lui, c'était déjà joué. Casper donnait encore deux petits coups, pour la forme, avec l'une de ses chevalières. Le pékin terrifié était déjà en train de se fouiller tandis que se baissait la vitre automatique. Tant qu'il n'avait pas son compte, Casper ne dégageait pas. Il restait là, la paume ouverte, avec une pièce qui avait l'air minuscule, ridicule, au milieu, entre toutes les bagouses. L'autre paniquait, raclait les vide-poches, et tout l'argent du futur péage y passait. Avec les femmes, c'était encore plus facile. Il y en a même une, un jour, qui lui a carrément lancé son porte-monnaie. Casper le lui a rendu après l'avoir délesté d'un billet de cent qui sentait le neuf.

Casper ne faisait pas la manche. Casper ne mendiait pas. On sentait bien que cela n'avait rien à voir avec la pitié ou la charité, ou des conneries de ce genre. On sentait bien, parce que ses yeux froids nous le faisaient bien sentir, que c'était plus fort et plus profond que cela. Une dette. Quelque chose qu'on lui devait, qu'on lui a toujours dû et qu'on lui devra toujours et de plus en plus. La liberté aussi est sujette à l'inflation.

Césaria commença à se servir de sa jolie petite gueule. Son sourire encore infantile et ses dents incroyablement blanches. Son domaine de prédilection, c'étaient les églises et les supermarchés. Le dimanche, il assistait à la messe, intégralement. Il choisissait un banc du fond pour avoir une vue d'ensemble de l'assemblée. Assis là, dans l'ombre, il avait tout loisir, entre deux prières, de repérer ses proies. Parmi toutes les dévotes, il sélectionnait les moins ingambes, les croulantes, les impotentes, celles qui avaient du mal à se lever même quand le rite l'exigeait. À la fin de l'office, il les attendait. Il leur prenait le coude, d'autorité, et les aidait à descendre les quelques marches du perron. Tout sourire et humilité. Encore remplies de la ferveur divine, les vieilles bigotes n'y résistaient pas. Monnaie. Paye. Ta place au Ciel achète-la, réserve-la, qu'elle soit bien chaude quand dans pas longtemps ton vieux cul fripé viendra s'y loger à jamais. Les deux pochards qui tendaient leur sébile à la sortie ne voyaient pas ça d'un très bon œil. Mais, maintenant, ils connaissaient Césaria. Ils connaissaient Casper, sa poigne et sa lame d'acier. Ils grappillaient les restes.

Pour le supermarché, c'était à peu de chose près le même manège. Le troisième âge, encore. Posté sur le parking, Césaria les repérait quand ils rentraient en poussant leur chariot vide. Lorsqu'ils ressortaient, Césaria se précipitait, poussait le chariot plein, chargeait les sacs en plastique dans le coffre de la 406 et la pièce du caddie, c'est lui qui la récupérait. Tout simple. Au fond, ça lui faisait plaisir de venir en aide aux plus faibles, de les soulager. Il sentait confusément qu'il aurait pu faire encore plus pour eux. Les vieux messieurs, surtout. Troublés, leur regard humide. Certains d'entre eux qui l'auraient bien fait monter dans leur voiture, dans leur appartement, dans leur lit qui puait l'avachi et le médicament. S'ils avaient osé. Une dernière joie. Un dernier plaisir pour sortir de cet enfer la lance en l'air dans la main d'un ange. Césaria avait ce beau visage de fille, délicat, qu'on peut avoir envie de lacérer. En sortant du parking, il lançait un clin d'œil aux vigiles et leurs clébards montraient les crocs.

Un style tout à fait différent de celui de Casper, mais, au bout de six mois, il ramenait autant. Plus les cacahuètes.

Ça a duré deux ans. Ils partageaient tout. À la belle saison, ils couchaient dehors. Quand la température baissait, ils s'aménageaient une bicoque dans un terrain vague ou un chantier en interruption. Quatre planches, une plaque de tôle ondulée, une caisse retournée, deux matelas moisis arrachés aux dents des rats et voilà. Quelquefois, la nuit, Césaria avait envie de partager le même matelas. Se blottir contre le large corps de Casper, tout contre, sous son imper, avoir son front piqué par les poils rêches et roux de sa barbe de six jours. Tant pis pour l'odeur, on s'y fait. S'il avait osé.

Ils ont débarqué à trois. Un soir de la seconde année, ça devait être à l'automne parce que des feuilles mortes traînaient dans la bicoque. Des gars du Nord qui descendaient au Sud, sûrement pour chercher un peu de chaleur. Arrivés en ville depuis moins de quinze jours. Ils ne savaient pas qui était Casper.

Casper n'était pas là. Césaria était seul dans la baraque en train de faire chauffer une boîte de raviolis. C'est toujours lui qui préparait la bouffe. Il n'était pas obligé, ça lui faisait plaisir. Quand il a entendu les pas, il a d'abord cru que c'était Casper qui revenait. Puis il a entendu un rot, énorme, dégueulasse, répercuté par la tôle au-dessus de sa tête. Il s'est arrêté de touiller. Le premier a passé sa gueule hirsute derrière le rideau ; il a regardé Césaria, il s'est foutu à rire. Ils sont entrés.

Césaria ne s'est même pas débattu. Il venait d'avoir seize ans et ils étaient pleins de bière. Des gars du Nord. Ils devaient pas avoir trempé leur queue depuis des mois et des mois, peut-être des années, parce qu'ils ont remis ça au moins deux fois chacun. Tous les trois. En moins d'une demi-heure.

Quand Casper est rentré, il l'a trouvé assis sur le matelas, cul nu, les genoux repliés contre sa poitrine. Un peu de sang avait coulé.

Il n'a rien dit, Casper. Si. Il a juste dit : « Qui ? » Mais beaucoup plus tard. D'abord, il est resté debout, à l'entrée, à le regarder, à regarder les raviolis étalés par terre, la caisse renversée, les deux assiettes, les couverts, à le regarder, lui, encore. Césaria osait à peine lever la tête. Il avait honte. Il a cru voir une larme trembler à l'orée des yeux froids. Mais il faisait sombre, juste le réchaud à gaz avec ses petites flammes blondes, bleutées, il a pu se tromper. Puis Casper a pris sa propre couverture et l'a consciencieusement enveloppé dedans, des pieds jusqu'au cou. Il a fait chauffer de l'eau dans une casserole et il a préparé du thé. Il a obligé Césaria à boire, tout doucement mais ferme, jusqu'au bout, la dernière goutte. C'était presque bouillant. Sa main large lui soutenait la nuque. Il s'est assis aussi, à côté. Il a bu. « Qui ? » il a demandé.

Quelques jours plus tard, des gamins qui jouaient sont tombés sur un bras, par terre, pas loin de la voie ferrée. Les flics ont fouillé le périmètre pour essayer de retrouver le reste. Au bout du troisième bras, ils ont vraiment commencé à se poser des questions. Finalement, ils n'en ont retrouvé que cinq, en tout, disséminés sur plus d'un kilomètre à la ronde. Pour trois têtes et des morceaux de bidoche qui ne ressemblaient plus à grand-chose. Ils en ont conclu qu'un des trois cadavres devait être manchot. Le Paris-Vintimille leur était passé dessus sans même s'en apercevoir. L'autopsie n'a pas dû être une partie de plaisir, mais ils ont quand même pu certifier que les trois types étaient déjà morts lorsqu'ils se sont fait écrabouiller. La gorge tranchée par un couteau à lame dentelée. Personne n'a réclamé les corps. Vu ce qu'il en restait.

Malgré tout, ça n'a plus jamais été tout à fait pareil, après ça. Césaria est resté près d'un mois sans mettre le nez dehors, presque sans bouger, allongé sur son matelas. Il avait froid. Il a beaucoup réfléchi. C'était la première fois qu'il réfléchissait autant. Il a compris que la vie était une drôle de chose. Étrange. Insensée, sans doute. Qu'il fallait s'attendre à tout, à rien, ne rien attendre. Et pourquoi Casper avait-il changé d'avis, la première nuit, sur le banc ? Casper le fantôme, le gorille, le solitaire. Pourquoi l'avait-il adopté, lui ? Casper aurait pu lui briser la nuque avec deux doigts. Il lui a tout appris. Tant qu'à faire, Césaria aurait préféré se donner à lui, pour la première fois. Se donner. Il n'était pas obligé. Il était libre. Il n'a jamais su combien de pulls portait Casper, les uns sur les autres. Des couches et des couches de pulls, de chemises, de tricots, qu'il ne quittait jamais même en été. Et par-dessus, son vieil imper gris. Ou peut-être qu'il était bleu. Il ne l'a jamais vu torse nu. Il n'a jamais touché sa peau. Sa crasse. Sa sueur. Tant qu'à faire…

Casper continuait de percevoir son dû, aux carrefours. Entre des rangées et des rangées de voitures. Il apparaissait, disparaissait. Lui ne choisissait pas ses cibles. C'était un blaireau dans sa Porsche, une mémé dans sa Twingo, un étudiant dans sa 4L. N'importe qui dans n'importe quoi. La terre entière avait une dette. En fin de journée, ses poches étaient lourdes. Il achetait des kilos de thé en sachets.

Peu à peu la douleur, physique, s'est estompée. Au bout de trois ou quatre semaines, Césaria pouvait s'asseoir sans grimacer. Et le reste. Dieu se manifeste parfois par des voies subalternes, surprenantes. Césaria s'est accordé une semaine supplémentaire. Pour réfléchir, encore. Être sûr, si tant est qu'on puisse jamais l'être. Après quoi il s'est levé, c'était un soir, il a mis une boîte de cassoulet à chauffer sur le réchaud, puis il est sorti. Casper n'était pas encore rentré.

Césaria est revenu à l'aube. Fraîche et claire. Un ciel débarrassé. La tôle avait les reflets d'une toute petite mer. Le sable humide du chantier. Il frissonnait. Casper ne dormait pas. Il a regardé Césaria comme il le regardait toujours. Longtemps, ses yeux froids. Il a grogné. « Me fais plus jamais ça ! » il a dit. Il voulait dire de partir comme ça sans prévenir, sans dire où il allait. Il avait dû s'inquiéter. Césaria a ressenti comme une piqûre d'abeille, une petite dose de bonheur qui l'a soulevé à quelques centimètres au-dessus du sol. Il a sorti la liasse de sa poche et l'a posée sur la caisse renversée. Beaucoup plus de pognon qu'à l'ordinaire. Casper a jeté un œil, puis s'est tourné de nouveau vers Césaria. Ses yeux étaient froids mais le blanc virait au rouge par manque de sommeil. Ils se sont regardés longtemps, ce matin-là, sans un mot. « On est libres… On est libres… » se disait Césaria. Ils ont dormi toute la journée, chacun sur son matelas.

Fini les supermarchés. Césaria se rendait toujours à l'église, le dimanche. Un peu crevé parce que la nuit du samedi était en général la plus chargée. Mais la paix de l'âme était plus profitable, plus reposante que celle du corps. Il avait remarqué ça. Il aidait toujours les vieilles à descendre les marches, à la sortie de l'office. Et les piécettes qu'elles lui donnaient, lui-même les redonnait aux deux mutilés du parvis. Les gars maugréaient un vague merci, forcé. Fallait vraiment qu'ils aient soif.

Son nouveau domaine, c'était la gare. Dans un sens, le boulot était plus facile. Ce n'était plus à lui de repérer, puisque maintenant c'était lui, la proie. Être attentif, ça oui. Attentif, mais une certaine indolence aussi. Tout était dans la façon de marcher, ou de ne pas marcher ; cette façon d'être là, pour rien, pour ça. Ceux qui cherchent savent. Ceux qui sont à l'affût. Les chasseurs. Césaria apprenait vite. Un regard appuyé, quelque chose qui s'allume — une couche de vernis brillant sur une surface sale. Le type sortait de la gare, Césaria le suivait. Une pipe ou la totale, actif ou passif, au choix. La chambre, s'il y tenait, aux frais du client. Fallait qu'il ait faim, celui-là, mais Césaria avait de quoi. Cette bouche superbe, déjà, ces dents si blanches, ce cul bombé, pommelé, frais, fragile, des joues de bébé, presque pas de hanches. C'est pas tous les jours qu'on peut s'enfiler un beau petit garçon et une belle petite fille à la fois.

Un ange. Faut comprendre — pardonner ? Césaria avalait tout.

Tous étaient au courant. Toutes les cloches débraillées qui traînaient dans les couloirs de la gare, dans la salle d'attente, accrochées à leur litre comme à un dernier rempart. Ils n'avaient même plus envie de ricaner, d'exhiber leurs chicots pourris. Mieux valait coller les lèvres au goulot. Tous croyaient que c'était Casper qui l'envoyait. Casper le mac.

Les billets s'amoncelaient dans une boîte de thé en fer-blanc. Ils n'y touchaient pas. Casper aurait pu. C'était clair. Sans rien demander. L'argent lui appartenait autant qu'à Césaria. Il le savait. Césaria planquait la boîte, mais Casper connaissait l'endroit. Césaria lui avait montré, dès le premier jour. Casper n'y touchait pas. Leur train de vie n'avait pas changé. Leurs habitudes. Simplement les croissants que Césaria rapportait quelquefois quand il rentrait, à l'aube. Il préparait le thé. Ils déjeunaient ensemble, face à face. Casper n'a jamais fait aucune allusion.

Un matin, Césaria a attendu que Casper soit parti. Après, au lieu de se coucher, il a pris une poignée de billets dans la boîte et les a fourrés en boule dans la poche de son jean. Puis il est allé en ville. Au centre. Là où se trouvaient toutes les boutiques. Il a flâné un moment, en regardant les vitrines. Puis il est entré. C'était la première fois de sa vie qu'il s'achetait des fringues. Une veste en jean, deux ou trois chemises, pantalons, une paire de Docksides, une ceinture et même quelques caleçons. Pour Casper, il a pris un pull marin, à rayures, la taille la plus large. Casper avait l'allure d'un capitaine — Achab, mais ça, Césaria l'ignorait.

Après les fringues, il s'est rendu dans une bijouterie. Pour lui, il a choisi une fine chaîne en or, et une croix en pendentif. Dieu, encore. Pour Casper une magnifique chevalière, en or aussi. Il a demandé s'il était possible de faire graver des initiales dessus.

— Tout ce que vous voulez, a répondu le bijoutier.

— Combien de temps ?

— Pour vous, on va faire un effort : revenez dans deux heures…

Le bijoutier était un monsieur d'une cinquantaine d'années, juif, gras, en bras de chemise, qui le mangeait des yeux. À vue de nez, Césaria était capable de dire la longueur de sa queue et son regard porcin quand il jouissait.

— Vos initiales, charmant jeune homme ?

Hé, hé !… Il devait se croire drôle, irrésistible. Il souriait. Même ses canines étaient en or. C'est là que Césaria a réalisé. Il ne savait pas le nom de Casper. Ne l'avait jamais su. Il s'est penché par-dessus l'espèce de comptoir, tout près, sa bouche si parfaitement dessinée à deux doigts des lèvres exsangues du bijoutier.

— Un *C*. Mettez juste un *C*. S'il vous plaît.

— Tout ce que vous voulez, a répété le gros.

Dans un souffle. Il n'osait plus bouger. La sueur coulait derrière les verres de ses lunettes. Ou des larmes, peut-être. Césaria a payé d'avance, puis il est retourné flâner en attendant.

C, ça pouvait faire pour Casper ou pour Capitaine. C'était encore mieux.

Il est revenu trois heures après. Le travail était fait. Il a remarqué que le bijoutier s'était recoiffé. Aplati à coup de salive les quelques longs poils filandreux qui lui couvraient le haut du crâne. Et puis une odeur nouvelle. Eau de Cologne. Ce connard devait en garder en permanence un flacon dans sa sacoche. Césaria a demandé un paquet-cadeau pour la bague. Avant de partir, il s'est arrangé pour se coller un peu contre l'autre ; les fesses offertes, tout contre sa braguette. Goûte un peu ça. Mille regrets. Tout ce que tu n'auras jamais. Césaria a cru que le gros allait gicler dans son froc et crever là, au beau milieu de tous ses bijoux. Il s'est tiré en montrant ses dents parfaites. La porte s'est refermée lentement, sans bruit. Césaria venait de comprendre que lui aussi pouvait faire souffrir. Il a fait encore quelques emplettes, du thé, une tarte, puis il est retourné à la baraque se pieuter.

Ce soir-là, il n'est pas allé bosser. Ils ont mangé la tarte. Césaria a débarrassé. Place nette. Cachés sous sa couverture, il y avait les paquets. Casper était assis en tailleur sur son matelas. Il a regardé le pull, longtemps, en le tenant devant lui à bout de bras, avant de l'étaler à ses côtés. Il a décollé le papier-cadeau qui enveloppait la chevalière, dans son écrin, sans le déchirer. Césaria s'est agenouillé devant lui. Il a tenu à lui passer lui-même la bague au doigt. C'était juste la bonne taille, pour l'annulaire. Casper a laissé faire. Il a levé sa main, à hauteur de son visage. La bague jetait les reflets cuivrés d'une bougie qui se consumait. Les mêmes reflets dans ses yeux froids.

Casper n'a jamais mis le pull. Il l'a pendu à un cintre en bois juste au-dessus de son matelas. Lorsqu'il se levait, sa lourde tête caressait le tissu. Ses cheveux raides ébouriffés. Le pull est resté là pendant des mois, à danser comme un marin ivre quand le vent trop fort soulevait le rideau et venait mourir dans la bicoque. Jusqu'au jour où Césaria lui a demandé la permission de le décrocher. Casper a dit oui, presque soulagé.

Césaria le portait pour dormir. Le pull lui tombait sur les cuisses, les manches dépassaient, mais il tenait chaud, il sentait bon. Dormir dans les bras d'un capitaine. Toutes les nuits. Les journées, plutôt. La nuit, Césaria était ce trésor que tous chassaient.

C'était encore un temps où il s'appelait autrement — il a oublié. Un jeune garçon. Propre sur lui. Rien de très voyant dans sa mise, rien d'extravagant. La grâce naturelle. La pureté. On aurait pu s'y casser le nez. Mais quand même le vice aux coins des fossettes, au coin de l'œil. L'éclat qui attire. La tige attisée, chauffée à blanc, qui pénètre les chairs et va cogner direct là où ça gargouille, là où ça se dresse. Est-ce qu'il ne le savait pas ?

Les premiers fidèles se sont multipliés. Il prenait tout avec un étrange sourire. Ses dents blanches comme les yeux froids de Casper. Solitaires. Aimer, qu'est-ce que ça veut dire ? Dormir chaque jour que Dieu fait dans un pull marin à rayures ?

Aimer ?…

En novembre de la cinquième année, Casper

s'est mis à tousser. Une sale toux, coléreuse, pugnace, qui le laissait pour mort au matin, vidé, sur sa couche. La sueur même quand le vent était glacé. Césaria ne savait pas quoi faire. Un peu de thé, peut-être ? Il serrait les poings. Meurtri comme si c'était son propre corps assiégé. Il souffrait pour lui.

À son tour, Casper n'a plus quitté la bicoque. Césaria une nuit sur deux. Sur trois. Sur quatre. Puis juste le temps d'une course. La toux gagnait. Des bourrasques de plus en plus fréquentes, violentes. À peine quelques instants de répit, un petit quart d'heure par-ci, par-là, Casper somnolait, les lèvres entrouvertes sur une respiration perdue. Césaria essuyait son front. Césaria priait. Césaria suppliait. Casper ne voulait rien savoir. Ni médecine, ni magie noire. « Je suis libre. » Le combat de la baleine et du Capitaine. À mains nues.

Il est mort le soir de Noël, bien sûr. Le 24 décembre, vingt-trois heures cinquante-sept. Césaria a pensé que c'était minuit. Il n'y avait pas d'horloge dans la baraque. Il a pensé que c'était un signe. Peut-être que trois petites minutes suffisent pour renaître. Le large corps avait maigri. La sueur séchait. Des poches violettes sous les yeux froids, fermés, apaisés. Césaria a baisé les paupières. Il s'est glissé sous la couverture, entre les bras, son front lisse enfoui dans la barbe d'un mois. Ils ont dormi ensemble. C'était la première fois.

Au matin, il s'est levé. Il faisait froid. Il a sorti la boîte de thé de sa cachette et il a pris les billets. La main de Casper était raide, ses doigts raides.

Césaria a dû s'y reprendre à plusieurs fois pour retirer la chevalière. Tout doucement, pour ne rien briser. Surtout ne rien briser. Il a reposé délicatement le bras et mis la bague dans la poche de son jean. Casper ne s'est pas réveillé. Ensuite, Césaria a pris le pull de Capitaine et l'a étalé sur le corps, par-dessus la couverture, les bras en croix. Il a ouvert le gaz du petit réchaud. Le gaz s'échappait avec un chuintement léger, une petite musique de deuil, à peine perceptible. Durant tout ce temps, Césaria est resté debout au pied du matelas. Il a regardé Casper comme Casper le regardait. Longtemps. Puis il a soulevé le rideau, pour sortir, et jeté l'allumette derrière lui.

Dehors, le sol était blanc, gelé. Le givre craquait sous ses pieds. Césaria contemplait le brasier, à quelques mètres de distance. Les flammes rouges, orange, un cœur qui explose et se répand. Les planches se sont effondrées, puis la tôle. La fumée noirâtre montait vers un ciel plombé. Des bouts de papier, des morceaux d'étoffe racornis, cramés, retombaient lentement comme des feuilles d'automne. Le givre a fondu. Casper le solitaire était libre, il faut l'espérer. Césaria essuyait ses yeux. Césaria priait. Il avait dix-neuf ans. Les pompiers ne se sont pas déplacés.

S'attendre à tout. Ne rien attendre.

Deux mois plus tard, Césaria louait un petit studio, en ville. Le type de l'agence était un client. Le type de la mairie, aussi. Césaria s'est arrangé pour. Pas trop regardant sur la paperasse, les attestations et tout le tremblement. Césaria l'a fait jouir pendant plus d'une heure. Pour un coup de tampon. Le type l'appelait mon prince, ma princesse, ma beauté. Un romantique. Salaud. Césaria a eu sa première carte d'identité. Le type de la mairie doit encore avoir le cœur qui bat chaque fois qu'il entend des pas devant son guichet.

Césaria travaillait presque sans arrêt. La nuit, le jour, élargissant sa palette. Il a connu la notabilité, appartements privés, vieux boxers de la politique, vieux renards qui le faisaient monter quand leurs propres épouses étaient au Club Med entre deux GO, en train de pomper. De tous les bords, de tous les penchants. Même un qui aboyait dans les micros, ses postillons comme des dards empoisonnés lancés contre la décadence de notre société — l'Honneur perdu de la France —, qui prônait le retour à la morale, aux valeurs familiales, à la guillotine, tête de liste et père de sept enfants. Césaria a dû l'enculer avec une bouteille de Perrier. Jusqu'au fond. Sans vaseline.

Des coupes en cristal, des lustres en cristal, des cœurs en fer rouillé.

Il a connu, Césaria, les hôtels particuliers et puis les hôtels borgnes, parfois dans la même soirée. Il a connu des sièges et des sièges de bagnoles, des caravanes, des forêts, des chiottes publiques, sanisettes pour les plus pressés, furtifs, nés sous un signe scatologique à droite au fond du septième ciel. Il a connu les prolos et les docteurs, les commerciaux, les libéraux, les camionneurs, toutes les races et toutes les castes, et Césaria ne se faisait pas prier. La gare depuis longtemps n'y suffisait plus. Arpenter les rues, les boulevards, les bars, les musées, la ville entière. Que chaque réverbère reconnaisse ses pas et le cristallise sous sa lumière. Une période faste.

Curieusement, personne, au cours de ces années, ne l'a jamais ennuyé. Un univers glauque où cependant les règles étaient respectées. On le payait. Pas un qui lui ait, un jour, mis un pétard sous le nez ou une lame de rasoir. Pas un qui ait levé la main sur lui. Même quand il officiait dans la zone, un coin perdu de la banlieue, dans la cabine étroite d'un trente-trois tonnes, quand il filait son cul à un routier deux fois plus lourd que lui, tatoué jusqu'au nombril ; une fois essoré, le gars remontait son pantalon et raquait ce qui était prévu. Sans rechigner. Pas un qui lui ait cherché des crosses, pas d'entourloupe, pas de coup foireux. C'était peut-être que Césaria faisait bien son boulot. Une forme de respect. C'était peut-être autre chose. Car il y a plus étonnant encore : jamais personne non plus n'a tenté de lui mettre le grappin dessus. Des petits durs en cuir, des caïds en costard, souteneurs de tout poil, Césaria en a croisé bon nombre. Mais aucun pour lui. Juste un regard qui voulait dire : « Je sais — et tu sais aussi. Je pourrais, si je voulais… » Pas davantage. Pas un qui ait poussé plus avant. Césaria marchait seul sur son fil. Baisait qui il voulait, quand, comment, au tarif qu'il voulait. Personne pour poser sa patte sur son épaule, le protéger et compter la recette ; le prêtre de l'église Saint-Jean était seul à lui donner la bénédiction. Son pognon, Césaria le plaçait en tas dans une nouvelle boîte de thé, dans son petit appartement du centre-ville.

Avant de tomber sur un client banquier qui lui suggéra d'autres placements, plus avantageux. Mais au moins le mac était officiel, à son gré, et un peu moins gourmand. Césaria pouvait retirer quand il voulait. Pas un qui ait essayé de le faire cracher. C'était peut-être Casper, tout simplement, qui veillait. L'ombre de Casper qui planait au-dessus de la mêlée ; le fantôme de Casper, capable à chaque instant d'écarter les pans de son imper et de frapper d'un coup d'éclair à lame dentelée le premier qui se manquerait. Qui sait ce qu'un fantôme peut faire ? Césaria ne l'oubliait pas dans ses prières.

Trois années à ce rythme. À vingt-deux ans, Césaria a ouvert son parachute. Besoin de souffler. Profiter de son argent, de son studio, aménager son intérieur, prendre un peu de bon temps — du temps — et dormir des nuits entières.

Il est allé au cinéma. Il a vu tous les films, tous, et il les a tous aimés. Et il a adoré les publicités avant les films. Il s'est promené. Il s'est posé sur des bancs, dans des jardins publics. Il a observé les enfants et surpris le regard des mères, indécises. Il a goûté dans des salons de thé. Des petits-fours et plus de trente parfums différents. Trente-trois, exactement. Il a marché dans les rues en regardant les vitrines, en flânant, comme cette fois où il avait acheté sa croix en or et la bague pour Casper. Il a acheté d'autres choses, inutiles et chères. Il s'est même offert un sac à main. Coup de folie. Dans un beau magasin, rue de la République, la vendeuse portait un tailleur strict et lui parlait comme on parle à une vieille dame fragile. Il a beaucoup apprécié. En rentrant chez lui, il a contemplé le sac un long moment, l'a caressé du bout des doigts, puis il l'a suspendu à l'un des montants de son lit, comme Casper autrefois avait suspendu le pull.

Il s'est posé des questions. Des heures entières en se berçant doucement dans un rocking-chair — autre acquisition —, une tasse de thé fumant posée sur un guéridon à ses côtés, les yeux perdus dans un morceau de ciel, par-delà sa fenêtre. Est-ce qu'il était vieux ? Déjà ? À vingt-deux ans et des poussières ? Où était son père ? Qui était-il ?… Des questions.

C'est à cette époque, également que Césaria a commencé à lire. Des magazines, d'abord. La presse féminine dans son ensemble. Attiré par les couvertures, les titres évocateurs, le papier glacé. Et puis la Bible. La Genèse, l'Exode, les Évangiles, jusqu'à l'Apocalypse de Jean. Des choses claires pour lui ; enfin des choses parfaitement claires dans son esprit. La parole restait gravée sans qu'il s'en rende compte, sans effort, il aurait pu la dire par cœur. Il marquait ses pages avec un petit sachet de thé, sec et craquant. Le Saint Livre sentait la mandarine. Césaria prenait son temps. Le temps qu'il fallait.

Et c'est venu, comme ça. Peu à peu. Au fil des semaines et des mois. Un soir, Césaria s'est allongé dans sa baignoire, dans l'eau brûlante, il s'est rasé les jambes. La paume de sa main frissonnait en effleurant la peau lisse de ses tibias, de ses cuisses. Sur sa face, un drôle de petit sourire étonné. Un matin du mois de mai, il a poussé, le cœur battant, la porte vitrée d'un grand magasin. La foule, sécurisante, quatre étages où l'on trouvait tout, où tout s'achetait, tout se payait dans l'indifférence garantie. Dans ses magazines, Césaria avait relevé les noms de tous les articles et produits qu'il préférait. Les marques, les références. Son choix était déjà fait. Il est passé à la caisse ; la fille, une blondasse, n'a même pas levé les yeux.

Les paquets sont restés plusieurs jours sur la moquette, tels quels, dans un coin du studio. Césaria ne les ouvrait pas. Il tournait la tête, ils étaient là. Le temps qu'il fallait.

Un après-midi, à l'heure du goûter, Césaria a brusquement quitté son rocking-chair, lequel a continué pendant quelques secondes à se balancer tout seul. Césaria n'était pas sorti de la journée ; il était encore en caleçon, ses jambes rasées. Il a ouvert le premier paquet. Parmi les nombreux vernis, il a choisi le plus foncé. Il s'est peint les ongles des pieds, assis sur son lit. Une boule de coton entre chaque orteil. Il a marché sur la moquette, lentement, la tête baissée. Ses pieds n'étaient plus ses pieds ; détachés du reste de son corps ; ils ne lui appartenaient plus vraiment. C'était joli à regarder. Pour ses mains, le vernis le plus clair, presque transparent. Il a soufflé sur ses ongles longs. Ils brillaient. Ses doigts bougeaient tout seuls, légers comme des papillons. Devant le miroir, tout près, du rouge carmin sur ses lèvres charnues. Des gestes très lents, appliqués, pour ne pas déborder. Ça laissait un goût sucré sur le bout de la langue. Césaria n'avait jamais embrassé de fille. Il a mis du crayon noir sous ses yeux, du mascara sur ses cils.

Une larme a coulé, qu'il a tamponnée avec un mouchoir en papier. Il s'est reculé d'un pas ou deux, pour voir. Pas mal. Il a repris sa place dans le rocking-chair, bercé doucement, ses yeux qui semblaient plus grands dans le morceau de ciel qui semblait plus bleu. Sur la tasse en porcelaine l'empreinte de ses lèvres, rouge carmin.

Avant de se coucher, il a tout gommé. Il a recommencé le lendemain, le surlendemain, tous les jours, un peu plus chaque jour. Les paquets se vidaient un à un. Il a essayé les jupes et les robes, les chemisiers, les escarpins. Il a mis des boules de chiffons sur sa poitrine, dans un soutien-gorge en dentelle qu'il a eu de la peine à attacher — ses doigts glissaient sur le petit crochet. Il a fait mille fois le tour de l'appartement, en marchant lentement, le regard droit. Il a parlé à son reflet. Il a battu des cils.

La perruque ne le satisfaisait pas. Trop factice, trop vulgaire. Un après-midi, il a renfilé un vieux jean et s'est rendu chez un spécialiste. C'était une autre qualité. Des postiches réalisés avec de véritables cheveux humains — car tout s'achète et tout se vend. Il y en avait de toutes les teintes possibles. Césaria a porté son choix sur un brun ardent, sa couleur naturelle, qui se mariait à merveille avec sa peau hâlée. La coiffure était classique, à peine ondulée, les cheveux soyeux lui descendaient jusqu'à l'épaule. Le perruquier le regardait sans sourire.

Le soir même, Césaria brossait sa nouvelle chevelure devant la glace. Il portait une jupe en cuir, noire, sa préférée, une veste courte avec des épaulettes, des bas noirs, des talons noirs. Il était fardé, à peine, comme pour un cocktail dans la bonne société. Il se sentait prêt.

Sans qu'il l'ait vraiment commandée, sa main a troqué la brosse pour le Livre Saint. Césaria s'est agenouillé. Il a ouvert le Livre et le sachet de thé est tombé. Il a commencé à lire, dans un murmure. Sa bouche précédait ses yeux. Césaria connaissait les mots. *Que tu es belle, mon amie, que tu es belle !...* Il les aimait, il aimait les entendre, ce souffle, cette force qui montait de sa poitrine jusqu'à ses lèvres rouges au goût sucré... *Tes lèvres sont comme un fil cramoisi, et ta bouche est charmante...* Jamais ça n'avait été aussi clair dans son esprit, aussi limpide, aussi beau. Quand le Livre est tombé à côté du sachet, c'est à peine s'il s'en est aperçu. Il a continué : *Tes deux seins sont comme deux faons, comme les jumeaux d'une gazelle...* Ses mains se sont posées à plat sur la moquette, doigts écartés. Ses reins se sont creusés. La jupe tendue, relevée, laissait voir le haut de ses bas, la frontière entre le tissu et la chair. Ses yeux se sont fermés. Son sexe s'est dressé... *Il y a sous ta langue du miel et du lait...* Il a senti cette brûlure, son sexe dur comme de l'écorce, un arbre, et les racines au plus profond du ventre... *Que mon bien-aimé entre dans son jardin, et qu'il mange de ses fruits excellents !...* Qu'il entre, par pitié ! Qu'il entre ! Les mots sifflaient entre ses lèvres comme des serpents, comme des mouches folles prisonnières. Sa joue s'est posée sur le sol, sur la moquette râpeuse... *Mon bien-aimé a passé la main par la fenêtre, et mes entrailles se sont émues pour lui...* Ses doigts ont fouillé sous la jupe. Ses doigts étonnés se sont refermés sur le sexe dressé, douloureux. Toujours cette brûlure, du fond du ventre au bout de la queue... *Et de mes mains a dégoutté la myrrhe...* Les fesses écartées. Les soubresauts de ses reins et la sève qui éclabousse la moquette et le cuir noir de la jupe. Son corps qui s'affaisse. A-t-il crié ? Le silence qui suit est celui qui hante le chœur des cathédrales.

Je vous en conjure, filles de Jérusalem,
Si vous trouvez mon bien-aimé,
Que lui direz-vous ?...
Que je suis malade d'amour...

Césaria ne sortait pratiquement plus de chez lui. Une ou deux fois par semaine, pour remplir le frigo et faire le plein de magazines. Une fois par mois, au grand magasin, pour les produits de beauté et les accessoires, compléter et affiner sa garde-robe. La fille, à la caisse, n'était jamais la même.

Il redoutait ces sorties. Il avait fini par se sentir mal dans son vieux jean, mal à l'aise avec ses chaussures plates, ses cheveux courts et son visage dépourvu de fard. Un étranger marchait dans la ville, sous le regard des passants. Sous son propre regard. Son âme ne se reconnaissait pas.

Le gros de ses journées se passait à arpenter les trente mètres carrés de son appartement ; habillé, maquillé ; à boire le thé sur son rocking-chair, feuilleter les pages glacées, regarder le ciel changer de couleur. Il ne s'ennuyait pas. Seule la messe lui manquait un peu, mais maintenant il connaissait, ses prières étaient un peu plus structurées. On peut dire qu'il attendait, sans savoir quoi.

S'attendre à tout, Césaria. Ne rien attendre.

Le sida faisait fureur. Et de là toutes les ramifications imaginables, causes et conséquences, souvent tirées par les cheveux. Pas une rédaction qui laissait passer ça. Conseils, enquêtes, reportages. Les journaux en débordaient. Le sida comme un prétexte à développer les sujets les plus scabreux, les plus sulfureux, le sexe, la drogue, les putes, les homos, les rock-stars qui crèvent presque chauves, des photos, plein de photos. C'est comme ça que Césaria est tombé sur un article consacré aux travestis. Les plus « exposés », selon le journaliste, parce qu'au centre de tout ça, en plein milieu, prostitués et homos, drogués, et certains ressemblaient, c'est vrai, à des rock-stars excentriques. Mais en fait, il était très peu question de la maladie ; juste le point de départ et quelques allusions. Le reportage était axé sur le parcours de ces garçons « pas comme les autres » — des androgynes —, une espèce nouvelle qui se développait à vitesse grand V. Les raisons psycho-sociologiques du phénomène. En même temps qu'une photo pleine page montrait l'un d'entre eux tirant la langue et exhibant ses mamelles en gros plan, un encart scientifique du professeur X donnait dans le détail la liste des produits nécessaires à leur métamorphose.

Comme des chrysalides, professeur.

Comme des veaux, aussi. Question d'hormones.

Césaria a soigneusement découpé les pages. De sa mémoire ont soudain resurgi diverses images, silhouettes, visages grimés croisés certains soirs, dans certains endroits. Des travestis — ça ne l'avait même pas effleuré. Ils remontaient à la surface comme, après le dégel, des corps pris longtemps sous les glaces. Ils lui clignaient de l'œil. Une bonne farce.

Jamais il n'avait envisagé le problème de cette façon — mais jamais encore Césaria ne s'était projeté dans l'avenir, de quelque façon que ce soit. À présent, c'était une chose de plus qui devenait parfaitement claire dans son esprit. Aussi claire que le *Cantique des cantiques*. Lumineuse.

Mais pas pour tout le monde. Il a fallu se battre, insister, persévérer. Expliquer son cas à des spécialistes, des types au regard éteint assis dans des fauteuils Empire, derrière des bureaux Empire, que rien ne pouvait atteindre. Trouver celui qui sait et qui veut bien. Convaincre. Chasser ses propres doutes, parfois, quand une nouvelle journée venait de s'achever sur une porte qui se ferme, encore une. Chasser le bruit mauvais des ricanements, réels ou imaginaires. Césaria ne s'est pas découragé. Ses prières ont tendu vers ça, naturellement, désormais le but unique. Il a fallu beaucoup de salive et d'argent.

Le traitement a commencé un 2 janvier. Casper était mort depuis quatre ans, huit jours et quelques heures. Casper veillait peut-être. Qu'en aurait-il pensé ? Sa chevalière pendait toujours autour du cou de Césaria, au bout de la chaîne en or, à côté de la croix. Ses yeux froids regardaient peut-être quand la première aiguille s'est enfoncée dans la chair. La première piqûre de Césaria.

Dès le premier matin, Césaria s'est levé et, le torse nu, de face, de profil, a longuement observé son image dans le grand miroir en pied. Passer ses mains sur sa poitrine, caresser ses seins plats. Son corps était celui d'un page juvénile en bronze. Son corps épargné. À manger comme une mangue. Tous les matins, avant de s'habiller, il observait son reflet et caressait sa poitrine.

Il a fallu du temps. Encore du temps. Plusieurs mois avant que les premiers effets se fassent sentir. Quelque chose de perceptible ; d'abord au toucher, très léger, léger, affleurant, rebondi, ensuite à l'œil nu. Les prémices — *Tes seins sont comme deux faons, comme les jumeaux d'une gazelle* — offertes à la divinité. Sur sa face, ce drôle de petit sourire étonné. Césaria ne se rasait pratiquement plus. Les boules de chiffons sont restées en boule dans le placard, sous l'évier. Les soirs d'été, l'air était lourd, Césaria laissait ses pieds nus, son torse nu, juste un paréo autour de ses reins. Il marchait dans le studio. Quand il se couchait entre les draps frais, il avait l'impression que ses tétons durcis soulevaient la toile. Il aurait aimé pouvoir les glisser dans sa bouche, les sucer, savoir le goût qu'ils avaient. Que tout le monde sache. Un goût de miel et de lait, c'est sûr. Même la morsure de l'aiguille, quand elle s'enfonçait, était une douleur enivrante.

Janvier, l'année suivante. Peu avant midi. Césaria était plongée dans les paroles de l'Ecclésiaste lorsqu'on a sonné à la porte d'entrée. Il ne s'est pas étonné. Il a posé le Livre sur le guéridon et s'est levé. Jamais on n'avait sonné à cette porte ;

jamais il n'avait reçu de visite, mais les paroles du fils de David résonnaient encore fortement dans son esprit, tellement claires, il ne s'est pas étonné. Il était vêtu d'une robe longue et presque sage, d'un bleu foncé. Ses bras étaient dénudés à partir de l'épaule, son col à peine échancré. Il a ouvert.

Le type de l'agence avait encore le doigt en l'air, prêt à sonner une seconde fois. Il s'est arrêté net. L'espace d'une seconde, Césaria s'est vu à genoux devant lui, son membre dans la bouche, la pression de ses doigts à l'arrière de sa tête — combien de temps, déjà ? Sur le palier, le type avait l'air surpris. Il a froncé les sourcils. Machinalement, son regard s'est porté vers le bouton de sonnette, comme s'il cherchait un nom, une étiquette, quelque chose. Il n'y avait rien. Sa main était toujours en l'air, immobile ; ce jour-là, il portait son alliance. Enfin, il a bredouillé quelques excuses, il s'était trompé, il cherchait un jeune homme, pas grave, rien d'important. Il a levé les yeux une dernière fois, il a baissé sa main puis il est parti avec sa serviette en cuir. Césaria a levé la main, lui aussi, sa bouche s'est entrouverte. Il s'est souvenu de sa cravate défaite, de ses râles fauves. Le type dévalait l'escalier. Césaria n'a rien dit. Il a refermé la porte.

Pas toi, Césaria, pas toi. Un jeune homme…

Césaria s'est arrêté devant le grand miroir en pied. Il s'est regardé, longtemps. Qu'en aurait dit Casper ? Les yeux de Césaria soulignés de noir n'étaient pas froids. Il s'est approché à quelques centimètres. « Césaria… Césaria… » Il a prononcé son nom, plusieurs fois, sur un ton grave. « Césaria… » Le nom d'une déesse superbe émergeant des mers chaudes du Brésil ; pris au hasard d'un magazine. Que des couleurs vives : le bout de sa langue rose frôlant l'intérieur des incisives, le blanc entrevu, le rouge de ses lèvres qui se décollent et se recollent comme les valves d'un cœur irrigué de sang. « Césaria… Césaria… » Le miroir se couvrait de buée. Césaria s'est détourné. Il a pris son sac à main, et puis elle est sortie.

Car Dieu, a dit l'Ecclésiaste, *amènera toute œuvre en jugement, au sujet de tout ce qui est caché, soit bien, soit mal.*

Depuis deux ans, Césaria fait la pute. Refait. Mais pas sur ce rythme effréné qui fut le sien quelques années auparavant. Césaria est tranquille, maintenant, presque paresseuse certains matins. Elle n'a pas cherché à revoir ses anciens clients. Au contraire. Éviter autant que possible les endroits du passé, la gare, les bars qu'elle fréquentait, éviter les regards connus. Comme ça, pas par crainte, simplement parce que c'est le passé.

Instinctivement, elle a cherché ses pairs. Des jeunes gars comme elle, et des moins jeunes. Les lieux où ils sévissent. Il y a des secteurs réservés et ça se sait. Ceux qui viennent savent. Elle a voulu s'intégrer, une petite place pour elle, toute petite place, juste de quoi onduler du bassin sur quelques pas, à la lueur des phares. Elle a pris sa première beigne — d'aussi loin qu'elle s'en souvienne —, une vraie patate, deux kilos de phalanges propulsés par un négro aux tresses blondes qui défendait son territoire. Elle a eu l'œil bleu pendant deux semaines. Des hauts et des bas. Des ennemis, jalouses, et quelques copines aussi. Une notamment, qu'on appelle la Rousse parce qu'elle est rousse et qu'un détail suffit. On aurait pu l'appeler la Perche, eu égard à son mètre quatre-vingt-cinq, quatre-vingt-quinze avec talons. Mais non, c'est ainsi. Elle, elle appelle tout le monde « chéri » ; la différence est dans le ton. Faut savoir apprécier. Césaria a tout de suite accroché avec elle. C'est la Rousse qui a eu l'idée de la station-service. Ça lui trottait dans la tête depuis un moment. Après avoir fait le tour, soupesé, elles ont jeté leur dévolu sur une station Total un peu excentrée. Ouverte sept jours sur sept, sans interruption. L'accès à l'autoroute pas loin ; il y a du passage.

Elles se sont installées là un soir, l'air de rien, à côté du lavage automatique. Au début, le gérant a un peu tiqué. Il trouvait que ça faisait mauvais genre, ces deux travelos sous ses néons. Mais Césaria et la Rousse avaient des arguments. Un pompiste pompé ne sait pas dire non — Césaria rit de ses dents incroyablement blanches. En outre, le gars a vite pigé le profit qu'il pouvait en tirer. C'était, somme toute, un service en plus proposé à sa clientèle. « Vous ne viendrez plus chez nous par hasard » — c'est quand même pas lui qui l'a inventé. Du moment que ça reste discret. Le mot est passé assez vite. Son chiffre a presque doublé en quelques mois. Des nouveaux clients, des curieux, des sensibles, les fameux fidèles. Pendant qu'ils font le plein, ils ont tout loisir de mater, faire leur choix. Les filles sont debout à côté du lavage, ou bien elles sont assises, un peu lasses, dans des pliants de pêcheurs qu'elles ont fini par apporter pour laisser reposer leurs jambes. Assises en attendant que ça morde. Appel de phares, la voiture ralentit à leur hauteur — toi, ou toi —, l'une ou l'autre s'embarque, ou parfois les deux quand c'est un gourmand. De temps en temps, au lever du jour, le pompiste leur offre le café. Césaria va sur ses vingt-six ans. Et ce soir, elle a mal aux seins.

C'est la pleine lune. Tout à l'heure, après la dernière passe, elle a ôté son soutien-gorge et l'a glissé à l'intérieur de son réticule. Un sac de poupée, minuscule, recouvert de lamelles argentées, dans le même ton que son short moulant qui s'arrête un peu plus haut que le bas des fesses. Sur la poitrine, elle ne porte qu'un cache-cœur couleur fuschia et sa chaîne en or. Il faut ce qu'il faut.

La Rousse vient juste de revenir. Elles ont échangé un sourire, plus des yeux que des lèvres. La Rousse se laisse tomber sur le pliant. Elle étire un court instant ses jambes, de la bonne chair, blanche, pleine et encore ferme, avant de les croiser, dévoilant un string noir. Un soir de juin, il fait doux. L'air sent la tendresse et le kérozène. La Rousse tourne les yeux et se relève presque aussitôt. Césaria fait une bonne tête de moins qu'elle, des épaules deux fois moins larges. Elles échangent un nouveau sourire, de même essence, complice. Toutes les deux ont repéré la voiture qui vient de se ranger devant la pompe. Une Jaguar. Une Jaguar, putain ! Quand on possède cette bête-là, c'est qu'on a le blé qui va avec. Les dollars.

Le type enfonce le tuyau dans le réservoir et lève les yeux vers elles. La Rousse fait bouger son grand corps, par réflexe. Elle avance, quelques pas très lents, chaloupés, elle se tourne et recommence. Césaria n'a pas fait un geste. Césaria reste là, immobile, sans pouvoir détacher son regard. Le type fait le plein. Il va payer puis regagne sa voiture quelques instants plus tard. Il démarre. Les phares se rallument. La Rousse et Césaria sont en pleine lumière. La Rousse ne marche plus. La voiture passe au ralenti devant elles, à deux mètres d'elles, les dépasse. Puis s'arrête. Le rouge vif des stop inonde une fraction de seconde leur visage. Le cœur de Césaria bat. La voiture recule. La portière s'ouvre. Les deux filles se penchent d'un même mouvement. Le type regarde Césaria, ne regarde qu'elle. La Rousse pousse un long soupir, affecté, puis se rassoit sur son pliant.

En montant dans cette Jaguar, Césaria ignorait qu'elle allait rencontrer l'amour fou. Et la mort comme un petit jardin.

I

LA CHANSON DU COW-BOY

(Lorsque l'amour, ce rat mort)

1

Il pense qu'ils se ressemblent. C'est fou. Le même regard. Sitôt qu'ils débarquent, une heure à peine après avoir posé le premier pied sur la dalle en béton. Même si c'est la première fois. Une heure avant de sortir, ils se ressemblent encore.

Moins d'une heure, à présent.

Le gros, le maigre, le jeune, le vieux, le Blanc comme le Noir, comme l'étranger, coupable ou présumé tel. Le même regard, tout est là. Quelle que soit leur peine. Il y a l'abandon dans ce regard. Celui qu'ils ont subi. Il y a toujours un abandon, quelque part, aussi loin qu'on remonte, dissimulé sous une forme ou sous une autre, sous le couvert d'un chiffon crade ou d'une tapisserie d'Aubusson. Qu'importe. C'est ce qui transparaît au fin fond de leurs yeux : quand ? comment ? pourquoi ?... Ils cherchent encore à comprendre. L'abandon et cette sorte d'étonnement qui forcément l'accompagne. Tout le reste n'est que crânerie. Les gros bras, les durs, les habitués : pareil. Ils se ressemblent, tous, comme les moutons d'un même troupeau.

C'est ce qu'il se dit, lui, à cet instant, en observant les trois autres. S'il ne s'inclut pas dans le lot, c'est qu'il n'a pas de miroir sous la main. Ça vaut mieux. Il y a toujours le bénéfice du doute.

Il ne les connaît pas, ces trois-là ; juste aperçu leurs gueules dans la cour, ou croisés dans les couloirs. Mais ce n'est même pas sûr, peut-être qu'il confond, peut-être que ce n'était pas eux. Il n'est là que depuis deux mois, transféré à la va-vite après la mutinerie de Clairvaux. Pas eu le temps de s'attacher. Il n'a parlé pratiquement à personne.

Le plus jeune a passé la nuit à faire craquer le sommier au-dessus de sa tête. Sommeil agité, ou pas de sommeil du tout. Maintenant, il fait les cent pas dans la travée, de la porte au mur du fond. Il est le seul à être debout. Il a dix-sept ou dix-huit ans, mais il en paraît quinze. Il est petit et fluet. Moustique. À chaque fois que leurs yeux se rencontrent, il a l'impression que le jeune hésite, comme s'il était sur le point de lui poser une question, capitale, mais Moustique ne dit rien et ses poings se serrent et se renfoncent au fond de ses poches.

Celui qui occupe le lit du bas, en face, est plus âgé. Il est allongé sur ses couvertures, les mains croisées derrière la nuque. Il fredonne un air, la bouche fermée, un vieux succès français dont le titre lui échappe — s'il l'a jamais su. Ça parlait d'amour indélébile et d'été, porté par la marée gluante des violons. Tout ce dont il avait horreur. Il aimerait bien que le gars la boucle ; ça devient crispant, à la longue. Mais ça ne durera pas, c'est ce qu'il faut se dire.

Le troisième est perché là-haut, sur la couchette du dessus. Il est gras, ses cheveux sont gras. Ses jambes courtes se balancent dans le vide. À chaque passage, le jeune est obligé de se décaler pour ne pas prendre la pointe de ses pompes dans la tempe. Le gitan — car le gros a une gueule de gitan — n'a pas quitté l'étroite fenêtre des yeux. Parfois, il y a un pigeon qui traverse le ciel.

Le quatrième, c'est lui. Il est assis sur sa couche, dos au mur, dans l'ombre. Il fait jour mais l'ampoule du plafonnier est restée éclairée.

C'est fou ce qu'ils se ressemblent.

Quand la clé ferraille dans la serrure, les quatre hommes se tournent d'un seul bloc. Tout s'arrête, comme en cet instant où la pièce est encore en l'air, celle dont dépendra leur sort — pile, c'est pas bon; face, c'est mauvais. Mais le hasard n'a rien à voir là-dedans.

Le jeune reste campé au milieu de la travée, les jambes du gitan ne se balancent plus, même l'autre a cessé de psalmodier son tube à l'eau de rose. La porte s'ouvre dans le silence.

— Allez, les gars. C'est l'heure.

Le gardien a une voix lasse. C'est une phrase qu'il a déjà dû dire plus d'un million de fois. Il a de bons yeux, qui pleurent un peu, une belle moustache blanche. Il est grand-père depuis deux jours. Toute la maison l'a félicité. Il laisse sa main sur la poignée et s'efface.

Moustique sort le premier. Le gitan saute du haut de son pieu et se reçoit avec une grimace de douleur et un juron dans sa langue.

— Toi, c'est bien le moment de te casser une guibolle ! lance le gardien.

Le fredonneur s'avance en tenant sa veste sur l'épaule. Il est grand, une belle gueule, genre cow-boy de Camargue, avec une queue-de-cheval qui lui descend jusqu'au milieu du dos. Il porte des bottes en daim. Quand ils sont tous sortis, le gardien referme la porte à clé derrière eux.

Ils longent des couloirs, trois en tout, séparés les uns des autres par des grilles intermédiaires que le gardien fait coulisser avec des gestes lents. Le cow-boy s'est remis à fredonner. Les talons de ses bottes claquent sur le sol comme pour marquer le rythme. Ça résonne et ce bruit suffit à remplir les crânes.

Au bout du dernier couloir, le vieux maton leur fait signe d'attendre. Il frappe à une porte, passe la tête à l'intérieur et dit quelque chose à quelqu'un, de l'autre côté.

On les appelle chacun à leur tour. D'abord le jeune, puis, quelques minutes après, le gitan. Ensuite, c'est à lui. Il est le troisième sur la liste. Le gardien bute sur son nom, l'écorche un peu. Milan Klovisevitch. Pas facile. Milan Klovisevitch a cette fraction de seconde de doute, celle qu'il a chaque fois, lorsqu'il entend prononcer son nom complet. Question d'habitude. Pour tout le monde, il a toujours été « Clovis ». Roi des Francs. Des « nouveaux » Francs.

Fut un temps où cette petite astuce le faisait sourire.

Le greffier lui rend ses affaires personnelles : sa montre, son portefeuille, un stylo Bic bleu. C'est tout ce qu'il avait. La montre s'est arrêtée à onze heures dix, Dieu sait quel jour de quelle année. Il ne la remonte pas. Il n'a pas envie de demander l'heure, pas maintenant, pas à eux. Il glisse les objets récupérés dans la poche de sa veste, même le Bic, dont il n'a absolument aucun souvenir. Ensuite, il signe tous les papiers qu'on lui tend, puis il sort par une autre porte, au fond.

Moustique et le gitan sont déjà là, debout, silencieux. Le cow-boy les rejoint cinq minutes plus tard.

C'est un autre maton qui doit les prendre en charge et les accompagner jusqu'à la sortie. Encore un couloir, encore une grille. Encore attendre, parce qu'un fourgon vient de pénétrer à l'intérieur de l'enceinte, le temps qu'il contourne le bâtiment et que les deux lourds battants du portail se referment automatiquement.

Le jeune est juste devant lui. Il entend sa respiration saccadée, il voit sa mâchoire qui se contracte dans une sorte de tic et fait saillie sous les joues creuses, il voit ses doigts blanchir autour de l'anse d'un sac de sport Adidas. Toutes ces images, Clovis sait qu'il les oubliera.

Ils sont à l'extérieur. Ils traversent la cour. Moustique et le gitan lèvent le nez en même temps, vers le ciel. Le jeune est ébloui et se détourne aussi sec en clignant des yeux. Le gitan ne rabaisse la tête que lorsqu'ils entrent sous l'ombre du porche, à l'entrée.

Le planton les toise de derrière sa vitre. Son collègue lui fait signe. L'autre appuie sur un bouton et l'ouverture se déclenche avec un bruit sec et métallique. C'est la petite porte, découpée dans l'un des immenses vantaux. Le gardien la tire et s'écarte, sans un mot. C'est par là qu'ils sortent, tous les quatre, à la file, comme les moutons d'un même troupeau.

La dernière porte se referme derrière eux.

*

Et tout de suite, c'est une pétarade de coups de klaxon. Une vieille Mercedes break est garée en double file, de l'autre côté de la rue. C'est de là que ça provient. Les portières s'ouvrent à la volée et il en sort de partout, des hommes, des femmes et toute une marmaille dépenaillée. Ils sont au moins une dizaine, là-dedans. Le type au volant a exactement la même gueule que le gitan, fine moustache en plus. Le frère, sûrement. Il continue de s'acharner sur son klaxon en exhibant tous les trous noirs de sa dentition.

Le gitan, sur le trottoir, s'est arrêté net. Sa grosse bouille basanée s'illumine, il pousse un cri puis s'élance, bras écartés, sans même jeter un œil sur les voitures qui défilent. Dès qu'il parvient sur l'autre rive, c'est le feu d'artifice : ça s'enlace, ça s'embrasse, ça piaille, ça chiale de joie. Les marmots s'accrochent partout où ils le peuvent — aux jambes, aux bras, au cou — et le gitan prend soudain des airs de Gulliver assailli par les Lilliputiens. Le frangin fait dégager tout le monde. Il a enfin cessé son boucan et se jette dans les bras du gitan. Les deux hommes se tapent dans le dos et leurs bedaines s'écrasent l'une contre l'autre avec tendresse.

Les effusions terminées, toute la famille réintègre la Mercedes, qui s'affaisse sous le poids. Une vieille s'essuie le coin des paupières avec son foulard. Le frère démarre, déboîte sans prévenir, un cyclo les évite de justesse et la caisse s'éloigne poussivement. Jusqu'à disparaître.

On dirait, soudain, que le monde est un couloir vide.

Clovis se retourne. Le cow-boy aussi a disparu. Par contre, le jeune est toujours là, à quelques mètres, au bord du trottoir. Il lance des regards, à droite, à gauche, en tendant le cou, comme s'il attendait quelque chose ou quelqu'un. Peut-être tout simplement le passage d'un taxi ?

Clovis ne bouge pas. Il se croyait plus fort. La lumière, le bruit, le mouvement, tout ça le saoule. Pour ne pas céder au vertige, il doit baisser les paupières, quelques secondes, au moins quelques secondes. Il se force à respirer calmement, lentement. Faire le vide.

Quand il rouvre les yeux, le jeune est en train de revenir vers lui, avec son sac à bout de bras. Il s'arrête à deux pas. Clovis se dit que ça y est, il va la poser, sa question, celle qui lui brûle les lèvres depuis un bon moment. Il attend. Moustique ouvre la bouche.

— Bon, ben… salut ! dit-il.

Clovis regarde un instant cette main, petite, fragile, que l'autre vient soudain de tendre vers lui. Puis il comprend. Il la prend dans la sienne, sans serrer, juste une légère pression, de peur que ça craque. Il ne dit rien.

Moustique fait volte-face et cale son sac sur son épaule. Puis il se remet en route, d'un pas vif, le long du haut mur de la prison.

Clovis sait qu'il oubliera.

Là-haut, dans l'immeuble d'en face, au deuxième étage, il y a un type qui fait du vélo sur son balcon. Il est rouge et il sue comme un bœuf. Il a dû faire, comme ça, des centaines, des milliers de kilomètres en pédalant, sans avancer d'un pouce. Sur place.

Joe Dassin !... C'est ça. C'est lui. Le nom lui revient brusquement en mémoire. Le nom du chanteur dont le cow-boy fredonnait la chanson, tout à l'heure.

Clovis oubliera les images, pour les sons c'est toujours plus difficile. Il s'arrache brutalement à la vision du cycliste immobile et part dans la direction opposée à celle de Moustique. En espérant que la marche fera fondre cette guimauve qui s'est insinuée malgré lui dans son cerveau.

*

Il lui a fallu plus de deux heures pour atteindre la gare. Sans se presser. Il ne connaît pas la ville, mais il n'a pas demandé son chemin. Il s'est contenté des panneaux indicateurs et de cette sorte d'instinct qu'il a pour tout ce qui ressemble à une fuite — du moins lui plaît-il de croire qu'il possède cet instinct.

Clovis relève l'heure de départ de son train,

puis se dirige vers l'un des guichets. Trois personnes devant lui, et derrière le guichet une jeune fille, jolie, avenante.

Une fois son billet en poche, il dispose encore de deux bonnes heures et d'un peu d'argent dans son portefeuille. Il décide d'aller manger un morceau sur le port. Il quitte la gare, et le soleil lui paraît tout à coup beaucoup plus féroce.

Marseille. Une grande ville, grouillante. Dans le fond, c'est mieux. Qui irait le remarquer au milieu de cette foule ? Sur la grande artère, ils sont des milliers à se croiser, en voiture, à pied, de toutes les couleurs. Il n'est qu'une tache, mouvante, dans le tableau sans cesse en recomposition. Et lui-même se recompose peu à peu. Le sol est plus stable sous ses pieds, il distingue les détails et peut les dissocier de l'ensemble. Ce n'est plus cette masse informe et floue, grondante, qui lui donnait le tournis. Ce n'est plus la rumeur ; chaque bruit a sa propre réalité, sa propre définition, sa propre existence, unique, chaque son vit et meurt, tout seul, parmi des milliers d'autres. Le cri d'une mouette n'est pas le rire du diable.

Clovis aperçoit bientôt les premiers mâts des bateaux. Il y a plus d'air, sur le port. Des filins claquent régulièrement, le bois des coques craque. Il reste un moment à observer deux vieux assis sur un banc, qui discutent à voix basse, puis les pêcheurs qui commencent à remballer leurs cageots. Il écoute, il sent. Il ne se rappelait plus l'odeur puissante du poisson. Ça finit par lui porter au cœur. Il traverse la rue et va s'installer à la terrasse d'une brasserie. Il commande un jambon-beurre et une pression. Un café pour terminer. Il allonge ses jambes et, de nouveau, ferme les yeux.

Il va rester là, quelque temps, dans cette ville. Marcher dans les rues, regarder, manger du poisson, s'asseoir au soleil, ne rien faire, marcher encore, se fondre, s'asseoir à la terrasse des cafés, boire une bière de temps en temps. Personne ne sait. Il fera le docker, pour gagner un peu d'argent. Il se sent assez costaud, toujours capable d'assommer un cheval d'un coup de poing bien placé. Après, il s'embarquera sur le premier cargo qui lève l'ancre. Pour n'importe où, l'Amérique, l'Asie, Chypre, sur n'importe quelle mer. Ailleurs. Peut-être l'Adriatique. La Yougoslavie. Il connaîtra la terre de son père. Il paraît que ça n'existe plus. Il paraît qu'il y a eu la guerre, là-bas, ou quelque chose comme ça. C'est rien, une guerre. Il relèvera ses manches et reconstruira. Il aura sa maison. Il s'installera. Il apprendra la langue. Il aura sa femme blonde et ses enfants. Il les aimera. On l'appellera Milan. Milan Klovisevitch. Il oubliera.

Repartir à zéro et refaire sa vie. Refaire sa vie.

Clovis rêve.

En même temps que l'addition, il demande l'heure au garçon. Il règle sa montre et en remonte le mécanisme. Voilà, ça recommence. Le bracelet flotte autour de son poignet. Il doit resserrer de deux crans. Il ne pensait pas avoir autant maigri. Il laisse un billet sur la table puis se lève.

Les pêcheurs sont partis depuis longtemps, mais les deux vieux sont toujours assis sur leur banc, sur leur quai. Clovis les envie. Il se détourne et remonte l'avenuc vers la gare.

*

La dernière image qu'il aura de Marseille est celle d'un gigantesque graffiti rouge sur un mur gris à moitié effondré. *Squizz la souris.* Au fond, en arrière-plan, un bloc d'immeubles en béton que le soleil ne parvient pas à faire blanchir.

Après ça, le train est entré sous un tunnel.

On peut tout oublier. Il suffit de le vouloir vraiment.

2

Il a dormi presque tout le long. Deux heures et cinquante-sept minutes de trajet dans le noir. Bercé. Il se réveille avec la voix du type dans les haut-parleurs : « Gare de Lyon-Part-Dieu, huit minutes d'arrêt. » Quelques voyageurs sont déjà debout dans l'allée. Une femme d'un certain âge le regarde avec insistance, et soudain ce regard l'inquiète. Il se tourne vers la vitre pour y échapper, puis se traite mentalement de pauvre imbécile. Paranoïaque. Il faut qu'il s'habitue.

Lorsqu'il tourne de nouveau la tête, la bonne femme n'est plus là. Le train s'arrête.

La gare n'a pas changé, lui semble-t-il. Il sort. Il hume. Il est dans sa ville. Le soleil est un peu voilé, ici, les couleurs un peu plus ternes, mais familières. Une autre atmosphère, dans laquelle il va devoir se replonger. C'est plus doux que ce qu'il craignait. Il est presque étonné de reconnaître certains lieux, certains monuments, et même certaines devantures de magasins. Mais en même temps quelque chose le freine : il ne veut pas que ce soit trop facile. Sombrer trop vite, sous le charme, s'insérer, se glisser à l'intérieur comme si la place était encore chaude et n'attendait que lui. Il ne veut plus faire partie de quoi que ce soit, d'aucun mouvement ni d'aucun groupe, ni d'aucune ville. Pas question de s'attacher, pas question d'appartenir. Il veut rester seul et pouvoir crever d'une minute à l'autre sans l'ombre d'un regret.

Il est sur ses gardes. Il sait qu'il y aura des moments où il devra se forcer.

Clovis a marché sans réfléchir. La tête plutôt basse, rentrée dans les épaules. Ses coups d'œil sont furtifs et ses pas le conduisent là où il devait aller, avant tout : au bord du fleuve. Il s'accoude au parapet et pose les yeux sur l'eau.

Ce n'est pas le hasard. C'est un besoin puéril, irrépressible. D'abord la mer, puis le fleuve qui se jette dans la mer. Chercher la source, ou quelque chose comme ça. Remonter. D'ici quelques jours se retrouver au sommet d'une montagne, à regarder sourdre un filet d'eau pure épais comme un doigt. Et plus loin encore, plus haut, les nuages en attente chargés de pluie. Le ciel.

Clovis — il dit son nom, intérieurement. Il faut à tout prix qu'il se reprenne. Rester vigilant. Deux ou trois fois, déjà, qu'il se laisse aller. Il se croyait plus fort. C'est à cause de cette saloperie de chanson d'amour dont il n'arrive pas à se débarrasser. Il n'est même pas certain que ce soit le Rhône, de ce côté-ci de la ville. Les gens passent sans s'arrêter. Les voitures, les piétons, ils traversent le pont, un peu en amont, mais personne ne va perdre une seule précieuse seconde pour se pencher et regarder cette eau verdâtre se dégueuler inexorablement.

Clovis serre les poings. Serre, c'est ça, sur la pierre. Aussi froid. Il fait l'effort, une fois de plus. il s'arrache. Il sait d'où il vient et il sait où il va. Aucun doute. Tout doit suivre son cours.

Mais on est en juin et la nuit tarde à venir.

Il se réfugie dans un bar, décidé à avaler quelque chose, encore, même si ça passe mal, même si le sandwich de tout à l'heure est toujours présent, là, dans son estomac. La salle est bourrée. Très bien. Il n'a besoin que d'un bout de banquette et de tout ce bruit autour. Verres, rires, voix, brouhaha. Dans un coin, un homme en costume sombre essaie de s'isoler. Il est debout, face à la cloison, il se bouche une oreille et ses lèvres remuent comme s'il parlait tout seul. Clovis met un moment avant de réaliser que l'homme est en pleine communication téléphonique. Quand il a terminé, le type fait glisser l'appareil dans sa poche et s'en va rejoindre un petit groupe au comptoir. Ils trinquent.

La bière est chère. Le double de ce qu'il payait avant. C'est rassurant de se dire que le monde n'est pas tout à fait gelé.

Clovis décide d'attendre que les réverbères se soient éclairés avant d'aller se frotter aux fantômes.

*

C'est un immeuble cossu, bourgeois, dans une rue calme. Clovis se tient devant l'entrée ; une solide porte en chêne, close. Il est sûr de l'adresse mais il ignore l'étage. Il ignore également le code d'accès. Encore une nouveauté, ça. Le vieux ne lui en a jamais fait mention — il ne peut pas croire que c'est un simple oubli de sa part ; pas lui.

Il réfléchit, considérant une fois encore le digicode et ses nombreuses touches, lisses et chromées, sous une frêle lueur orangée. À côté se trouvent un interphone et quatre autres boutons. Aucun nom, bien sûr. Précieux locataires, mieux gardés que les grosses coupures à la Banque de France. Mieux que les taulards en taule.

Il y a un petit square, juste en face. Clovis traverse et se retrouve sous les branches d'un marronnier qui dépassent. La silhouette massive de l'arbre se détache sur la nuit tombée. Il inspecte la façade de l'immeuble. De la lumière filtre à travers les rideaux, au quatrième et au premier. Le reste est dans le noir. Il n'y a rien d'autre à tenter.

Il retourne devant l'interphone et appuie sur le bouton du haut, en espérant que cela corresponde aux étages. Il attend. L'appareil grésille.

— Oui ! fait une voix. Qu'est-ce que c'est ?

Une femme. Il lui donne entre cinquante et soixante ans, ou alors usée. Sa voix est éraillée, agressive. Peut-être l'alcool.

— Allô !…

— Charles Meyer, c'est bien ici ? demande Clovis.

Sa propre voix, calme, posée, le surprend.

— Connais pas de Meyer ! dit la femme.

Elle a raccroché.

Sans attendre, Clovis presse de l'index sur le bouton le plus bas. Une voiture passe dans la rue, à faible allure, les phares blancs l'éclairent l'espace d'un instant. L'interphone reste muet. Brusquement, Clovis fait un bond en arrière et lève la tête…

Il est certain d'avoir vu la tenture bouger, au premier, et, derrière, une ombre disparaître. Un sourire amer étire ses lèvres.

Il rappuie sur le même bouton et laisse, cette fois, son doigt enfoncé durant une bonne poignée de secondes. Dès qu'il lâche, le grésillement se fait entendre.

— Oui ?…

Toute l'hésitation du monde, la méfiance et la crainte, en une seule syllabe.

C'est tout ça qui rend Clovis cruel, qui lui fait prolonger l'attente avant de répondre. Même si ça ne lui fait aucun bien.

— C'est moi, finit-il par dire.

— Clovis ? fait la voix. Mais !… Mais, je croyais… Bon Dieu ! Attends, je t'ouvre !

Et toute la stupeur bégayante.

Le pêne se désenclenche et Clovis pousse la porte, du plat de la main. Il n'éclaire pas. Le temps que le lourd panneau de bois se rabatte, il a repéré l'escalier. Les marches sont larges. Sur le palier, au-dessus, une autre porte s'ouvre. Un rai de lumière jaune et, tout de suite, une forme humaine qui se découpe à contre-jour. Clovis l'aperçoit à travers les barreaux de la rampe. Il ne distingue pas les traits, mais il sait déjà le regard inquiet qui scrute la pénombre.

— Clovis ?…

Il ne répond pas. Les doigts de l'homme rampent le long du mur, vers l'interrupteur. Quand la lumière jaillit, Clovis est debout sur le seuil. Il a juste le temps de voir la lueur d'effroi dans les yeux du vieux, et le haut de son corps qui tressaute.

— Clovis !... répète encore celui-ci.

C'est un murmure de soulagement. Il s'avance sur le palier et se jette contre lui.

Clovis ne fait pas un geste. Ses bras restent raides le long de ses hanches.

— Bonjour, Charles, dit-il simplement.

Après une dernière pression contre sa poitrine, le vieux finit par relâcher son étreinte. Il se recule d'un pas et dévisage Clovis.

— Bon Dieu ! souffle-t-il, comme s'il n'en croyait pas ses yeux.

Clovis aussi l'examine, en silence. Est-ce vraiment le même homme ? Cette figure décharnée, cette peau flottante et blême au bas des joues, cette ombre bleue autour des yeux... Il aimerait que tout se déroule ici même, sur le palier, le plus vite possible. Et foutre le camp.

Quand la minuterie s'éteint, c'est comme si la dalle d'un tombeau se fermait.

— Viens ! dit Charles. Reste pas là. Entre.

Clovis hésite. Puis il sent cette main osseuse, légère comme une patte de moineau, qui se pose sur son épaule et le tire faiblement vers la porte entrouverte. Il se laisse faire.

*

Les pièces sont spacieuses, les plafonds hauts. Ça pourrait être ce luxe, ce calme, cette volupté qu'on s'était promis ; ça l'a peut-être été, un jour, mais maintenant ça pue. L'odeur annihile tout, même les promesses. Une forte odeur de poussière et de rance, de moisi, de vieux. La putréfaction en cours. Et des relents aigres dont Clovis ignore la provenance — est-ce que Charles se pisse dessus ?

L'appartement est à l'image de son occupant. Il y a quelque chose de définitivement brisé et c'est l'enfoncement inéluctable, la progression lente vers le fond de l'abîme. Le pire, c'est d'en être conscient, et de faire avec.

Une assiette sale, les restes d'un repas frugal traînent sur la table. Une chemise sur la trame élimée d'un tapis. Un pantalon de pyjama sur le dossier d'un fauteuil. Un carton à chaussures vide, béant, sur le sol.

Clovis, immobile, balaie la pièce des yeux. Son regard est attiré par les reflets changeants et colorés d'un poste de télé. Le son est coupé mais les images défilent. Ça ressemble à quelque vidéoclip d'un futur tube de l'été. Quatre jeunes filles en bikini se trémoussent sous un ciel d'azur. Quatre clones à la plastique parfaite, aux jambes fuselées, couleur de cire d'abeille et doucement luisantes. Leurs lèvres pulpeuses ont l'air de susurrer des mots d'amour inventés pour lui, qui ne les entend pas. Durant quelques secondes il est un noyé.

Le bruit du verrou tiré, derrière son dos, le ramène brutalement à la surface.

— Fais pas attention, dit Charles. Y a un peu de désordre. C'est que je m'attendais pas à te voir aujourd'hui ! Dans ta dernière lettre, tu parlais du 18…

— Ils ont avancé la date, dit Clovis. De quarante-huit heures.

Charles hoche la tête, plusieurs fois.

— Ah !… fait-il. Tant mieux, tant mieux… Mais tu aurais dû me prévenir…

— Pourquoi ? lance Clovis.

D'un mouvement brusque, il s'est tourné vers le vieux. Il le fixe. Son ton est plus dur que ce qu'il voulait.

Charles s'est arrêté. Il écarte les mains. Il hésite.

— Ben… je sais pas… J'aurais pu aller te chercher, ou…

Puis il se reprend. La barre d'un sourire enjoué vient hacher sa face.

— Enfin, dit-il, le principal c'est que tu sois là ! Tu peux pas savoir ce que ça me fait, Clovis !

Non. Comment savoir ? Il a l'air sincère. Il porte un vieux gilet gris, trop ample, par-dessus ses habits. Clovis pivote de nouveau vers la télé.

— Assieds-toi ! dit Charles. Tu veux manger un morceau ? Qu'est-ce que je te prépare ?

— Non, laisse, répond Clovis d'une voix radoucie. Te dérange pas pour moi. J'ai déjà mangé.

Sur l'écran, les quatre filles dessinent des arabesques avec leurs doigts. Des signes muets l'invitant à les rejoindre.

— On va déboucher une bouteille, alors ! insiste Charles. Histoire de fêter ça !

Il fait deux pas, mais Clovis l'arrête d'un geste de la main.

— Pas maintenant, Charles. Je suis un peu fatigué. J'ai besoin de repos. Dormir. Tu comprends ?

— Oui, bien sûr… bien sûr… murmure le vieux.

Mais il n'a pas l'air de vraiment comprendre. Ou peut-être qu'il ne veut pas.

— Tu sais ce qu'on va faire ? Je vais te préparer la chambre d'amis. Elle est inoccupée, pour le moment. J'en ai pour cinq minutes !

Quels amis ? Clovis se dit que jamais personne n'a dû s'allonger sur ce lit. Jamais.

— Charles, s'il te plaît ! J'ai tout ce qu'il me faut, je t'assure. Je voudrais juste récupérer mes… affaires.

Sa gorge se serre. Il ne sait pas si c'est à cause de ce désarroi dans les yeux du vieux, ou à cause de l'odeur. De moins en moins supportable.

— Tu les as ? demande-t-il. Elles sont ici ?

Charles referme sa bouche entrouverte et déglutit péniblement.

— Bien sûr, répète-t-il. J'ai tout gardé. Personne n'a touché à rien.

Il attend. Mais comme Clovis reste muet, il dit :

— Ne bouge pas. Je vais te chercher ça tout de suite…

Puis il tourne le dos et s'engage dans un couloir.

Une fois seul, Clovis se sent à peine mieux. Peut-être qu'il est injuste envers le vieux. Sûrement. Mais c'est plus fort que lui. S'il avait pu éviter de le revoir, il l'aurait fait, sans hésiter. Dix ans plus tôt, il ne pouvait pas savoir.

Tout en macérant ces pensées, Clovis fait quelques pas dans le salon. Sur l'écran, les filles ont cédé la place à un grand nègre au crâne rasé, poli, brillant. Il a deux boucles à une oreille et un diamant dans le nez. En arrière-plan, deux autres gars du même acabit se meuvent en rythme. Ils n'ont pas l'air de plaisanter. Aucun des trois.

Clovis détourne les yeux et remarque alors, dans un renfoncement à côté du canapé, une sorte de table basse jonchée de médicaments. Des plaquettes de comprimés, de gélules, des flacons entamés de liquide transparent ou pastel, du coton, des ampoules en verre, vides, aux extrémités brisées. Une véritable pharmacie. Tout ça éparpillé sur la table entre des boîtes cartonnées et deux ou trois petites cuillères. Il y a même une seringue, à l'abri dans son emballage stérile.

Il va pour se pencher, mais il est stoppé dans son mouvement par la voix aigrelette du vieux, qui lui parvient comme du fond d'un puits.

— Clovis !… Viens voir, s'il te plaît !

Clovis se redresse tout à fait. Son corps un instant totalement immobile et tendu. Puis il retraverse le salon en sens inverse, sans hâte. Au passage, comme un réflexe, il s'empare de la fourchette laissée en travers de l'assiette sale et la glisse dans la poche de son pantalon.

Le couloir est plus large et plus long qu'il ne le pensait. Deux portes du côté droit, fermées, trois du côté gauche. La première donne sur la salle de bains. Elle est entrebâillée. Clovis y jette un œil et aperçoit, dans la semi-obscurité, une baignoire assez grande, et blanche, à l'intérieur de laquelle est posé un séchoir à linge sur pieds. Une paire de chaussettes et un slip suspendus à l'une des fines tiges en plastique.

Clovis continue d'avancer. L'ampoule du couloir est faible, pas assez pour dissimuler les traces d'humidité au plafond et sur les murs. La porte du milieu est close. Une lumière plus vive provient de la pièce du fond, la seule qui soit grande ouverte. Mais Clovis n'en distingue pas encore l'intérieur. Depuis que Charles l'a appelé, il n'a plus entendu un seul bruit hormis le frottement léger de ses propres semelles sur le sol. Clovis s'approche de la dernière porte et ralentit encore, inconsciemment. Puis il atteint le seuil et se fige dans l'encadrement.

C'est la chambre du vieux. C'est sûr. Les remugles sont encore plus acides que dans le reste de l'appartement — ça lui griffe l'intérieur. Un dessus-de-lit a été hâtivement jeté sur les draps défaits. Un bout de traversin gris dépasse sur le côté. En plus du lustre, une petite lampe de chevet est allumée, qui diffuse une lueur douceâtre à travers son abat-jour de tissu rose.

Charles est assis sur une chaise en paille, entre le pied du lit et une immense armoire en bois sombre. Les regards des deux hommes se croisent.

Il portait un complet blanc, impeccable, peut-être un peu trop voyant mais c'était dans ses façons, il le portait bien, on lui pardonnait tout, son rire frais qui étincelle, debout dans la tribune d'un champ de courses, les bras haut levés, le ticket gagnant à la main, ses phalanges blanchies sous la poigne d'un barbu gaillard, les coudes bien à plat sur la table débarrassée d'une auberge de campagne, bras de fer à la loyale, les petites flammes de chaque côté, le barbu qui flanche, ses poils qui crament et Charles qui sourit, son œil clair et malicieux, l'autre fermé, piqué par la fumée d'une Gitane, ses cheveux épais envolés au vent, au volant d'une authentique Hotchkiss volée la veille parce qu'il n'avait peur de rien et que tout lui souriait, les brunes et les blondes, les bécanes et l'argent frais qui étincelle comme son complet blanc au soleil…

— Tu peux me donner un coup de main ? demande Charles. C'est là-haut. J'ai plus la force.

Clovis cligne des yeux, troublé, égaré et doutant un instant de la réalité des choses. Pas longtemps, parce qu'il y a cette puanteur et la grosse valise marron, au sommet de l'armoire, qu'il reconnaît immédiatement. Il s'avance dans la pièce et Charles se lève pour lui laisser la place. Ses épaules voûtées sont recouvertes de pellicules, comme des larves grises à peine écloses.

Clovis grimpe sur la chaise. Il saisit la valise par les côtés et la soulève à bout de bras. Lorsqu'il se retourne, le vieux est en train de fouiller dans le tiroir de la table de nuit. Clovis s'immobilise, tout de suite retendu, bloqué, à l'affût. Le tiroir se referme avec un bruit mat et Charles fait volte-face à son tour. Il tient un trousseau de clés à la main.

— Pose ça là, si tu veux, fait-il en indiquant le lit.

Si au moins Clovis pouvait rire, éclater un bon coup, ou chialer, ou tout vomir, le vieux et lui, tellement ridicule avec sa fourchette maculée de gras dans la poche, tellement misérable et injuste !

— Vérifie, dit Charles, on sait jamais.

Il n'y a même pas d'ironie dans le ton de sa voix. Pas de provocation. Il reste au pied du lit et attend.

Une minuscule araignée, effrayée, court dans tous les sens sur le dessus poussiéreux de la valise. Clovis fait jouer les deux loquets et rejette le couvercle d'un mouvement sec.

Du linge. Des vêtements soigneusement pliés, quelques cravates alignées, une paire de lunettes noires… le regard de Clovis survole tout ça et s'arrête sur le dos d'un petit cadre en bois doré. Il voit ses doigts qui s'en approchent, tout seuls, qui s'en emparent et le retournent.

Sur la photo il est en maillot, les cheveux trempés, le corps ruisselant. Elle, elle porte sa longue robe noire, avec sa collerette en dentelle. La seule qu'il lui connaisse. Il a passé un bras autour de son épaule, il la bouscule un peu, gentiment. On devine, dans le fond, sous un soleil voilé, la surface plane du lac de Saint-Just. Il regarde l'objectif, souriant, heureux. Elle le regarde, étonnée. Elle qui sait déjà que rien ne dure, surtout pas ça, étonnée que son grand fils, si grand, si fort, ne l'ait pas encore compris. C'est Charles qui prend la photo. Elle l'aimait bien, Charles — un homme mûr. Sans doute la seule fréquentation de son fils qu'elle tolérait sans faire sa moue, sublime, de dégoût. En fait, Charles et elle étaient pratiquement du même âge. C'est peut-être grâce à sa présence qu'elle avait accepté cette virée au lac — un homme mûr et responsable qui pourrait prendre soin de son grand crétin de fils, le dissuader, par exemple, de faire un plongeon dans l'eau glacée en plein mois de mai…

— Sa tombe est la plus fleurie du cimetière, dit Charles. J'y ai veillé.

Il n'a pas bougé. Ses lèvres à peine.

Clovis ne dit rien. Il laisse tomber le cadre, face cachée, sur la pile de vêtements.

Faire vite, et qu'on en finisse !

Il fouille dans la valise, soulève les habits, aperçoit le coin d'une serviette en cuir, qu'il tire.

— Clovis… fait le vieux.

Mais Clovis ne l'entend pas. Toute son attention s'est soudain portée vers la crosse d'un revolver qui vient d'apparaître sous la serviette. Armington, modèle 72, fabrication anglaise. Son revolver. Le sien. À la vue de l'arme, il a comme un pincement au cœur. Le premier. C'est tout ce qu'il cherchait. Il a du mal à s'avouer que c'est uniquement cela qu'il cherchait. Sa main s'avance vers la crosse en métal.

— … Qu'est-ce que tu comptes faire, Clovis ?

— Tu ne le sais pas, Charles ?

— Oublie ça. À quoi ça t'avancera ?

— “Avancer” ?

Clovis s'est brusquement redressé ; comme si ce mot, incongru, ne lui était jamais venu à l'esprit.

Charles ouvre la bouche. Puis la referme, vaincu, ses épaules toujours plus voûtées.

Clovis fait glisser le revolver à l'intérieur de la serviette en cuir, sans jeter un regard sur les quelques papiers qui s'y trouvent déjà.

— Tu sais où il est ? reprend-il au bout d'un instant.

— Non ! répond le vieux.

Vite. Trop vite.

— Charles… souffle doucement Clovis.

Charles évite son regard et entame quelques pas nerveux de l'autre côté du lit. Puis s'arrête. Sa voix n'exprime pas la colère. Elle implore.

— Merde ! fait-il. J'ai pas attendu dix années pour ça, Clovis ! Et toi non plus, j'espère. C'est le passé. C'est difficile, mais tu verras qu'à force…

— Je te comprends, le coupe Clovis. Rien ne t'oblige à me le dire. Je t'en voudrai pas, Charles… Mais je veux que tu saches que je le retrouverai ! Avec ou sans ton aide. Ça prendra sûrement plus de temps, mais c'est tout ce qu'il me reste, le temps. Je le retrouverai.

— Bon Dieu ! crache le vieux.

Sa main décharnée serre le montant du lit.

Clovis s'empare de deux boîtes de cartouches qui s'en vont rejoindre le flingue dans la serviette. Il fouille encore un peu, du bout des doigts, machinalement. Patient.

— 27, rue Clemenceau… murmure alors Charles, les yeux baissés. À Mâcon. C'est la dernière adresse que je connaisse. Mais ça fait plus d'un an. Peut-être qu'il y est encore. Peut-être pas…

— Seul ?

— J'en sais rien.

— Bien… laisse tomber Clovis.

Puis il ajoute, avant que le silence s'appesantisse :

— Tu peux te débarrasser de tout ça, maintenant. La valise et le reste. Ou le garder. Comme tu veux.

Charles fait oui de la tête, le regard dans le vague.

— Et ça ? demande Clovis. C'est aussi pour moi ?

Le vieux jette un œil sur le trousseau de clés, au creux de sa main.

— Oui, soupire-t-il. Tout est là. Clés du garage, clés de la voiture et clé du coffre. C'est la Banque de Zurich, avenue Montaigne. Tu connais ? (L'ombre d'un sourire désenchanté effleure ses lèvres.) Tous les papiers sont dans la serviette.

Il parle comme un automate, ressort cassé. Clovis tend le bras pour recevoir le trousseau.

— Tu l'as fait tourner ? demande-t-il.

— Comment ?

— Le moteur. Pour la voiture, tu as pu…

— Ah !… fait Charles en hochant la tête. Oui. Une cinquantaine de bornes par semaine, comme tu me l'avais demandé. J'ai fait tout ce que tu m'avais demandé, Clovis, ajoute-t-il.

C'est le regard de Clovis qui se dérobe.

— Merci, Charles. Merci pour tout.

— Tu ne reviendras pas, pas vrai ? lance soudain le vieux. Tu vas sortir d'ici et je te reverrai plus ! Et je n'entendrai même plus parler de toi ! C'est ça, Clovis ? C'est ça ?…

Il y avait une tache sur son complet blanc, une grosse tache rouge sur le flanc droit et ses doigts agrippés au revers de sa veste, qui ne le lâchaient pas, comme si lui seul pouvait l'empêcher de basculer, et ses yeux clairs qui le fixaient, qui se révulsaient à chaque soubresaut de la caisse et reve-

naient se fixer sur lui, son ami, son frère sur cette terre qui s'ouvre sous ses pieds…

— Je crois que c'est mieux comme ça, dit Clovis.

Puis, sans attendre, il prend la serviette et sort de la chambre.

Le couloir lui paraît encore plus sombre. Les taches sur les murs ont grandi. L'odeur lui remplit les narines, et la tête, et le cœur. Il sent qu'il pourrait tomber. Il entend les pantoufles qui raclent le sol derrière lui, qui le poursuivent, aussi vite qu'elles le peuvent.

— Tu es sûr que tu ne veux pas dormir là, au moins pour cette nuit ?

— Non, il faut que j'y aille, fait Clovis.

Il ne se retourne que lorsqu'il atteint la porte d'entrée. Charles le rejoint, déjà essoufflé. Il s'arrête à deux pas de lui.

— Alors ? dit-il tout bas.

Des yeux de môme, presque craintifs.

— Alors j'y vais, dit Clovis. Merci encore. Au revoir, Charles.

Il pensait dire adieu, mais ce n'est pas ça qui est sorti. Il ouvre la porte et s'avance sur le palier, sans éclairer, toujours. Il pose la main sur la rampe.

— Clovis !… appelle encore le vieux.

Clovis s'arrête, le pied sur une marche. Il tourne la tête et ses yeux semblent vides de tout.

Charles fait un pas en avant. La lumière jaune provenant de derrière son dos traverse ses cheveux filasse.

— Je vais crever, Clovis ! souffle-t-il soudain. Une saloperie que j'ai dans le sang. Le dernier toubib que j'ai vu m'a dit que je passerai pas l'été. C'est sûr. Trois mois maximum et ce sera fini pour moi !

Le bruit sourd d'un objet en verre tombant sur une moquette épaisse traverse le plafond au-dessus de leurs têtes.

Clovis ne ressent rien. Il sait bien — mais c'est une froide certitude — que le seul geste à faire serait d'arracher cette putain de fourchette de sa poche et de la planter dans la gorge du vieux. Là, tout de suite. Et le regard du vieux n'est qu'une muette supplication.

Ils savent bien, tous les deux.

— Désolé… souffle Clovis.

Il s'engouffre dans l'escalier et disparaît dans le noir.

3

Six heures quarante, sous le globe incassable de sa Breitling. Clovis se laisse retomber sur le dos. Lourdement.

Il comptait s'abîmer dans un long et profond sommeil, dormir deux jours, trois jours d'affilée. Il s'en sentait capable et c'est tout ce qu'il souhaitait dans l'immédiat. S'abîmer.

Hélas, les habitudes ne se perdent pas si vite. Une demi-heure, déjà, qu'il a les yeux grands ouverts. La première chose qu'il a entendue, c'est la chanson d'amour du cow-boy. Ça jouait dans son propre cerveau, puis au fond de sa gorge. Quelques bribes du morceau, quelques mots, toujours les mêmes, peut-être faux, qui se répètent inlassablement, en boucle. Il ne peut pas s'en empêcher. Il n'essaye même plus. Il se dit que ça finira par passer. Comme le sommeil. Comme tout.

Le traversin est trop dur et sa nuque se brise à angle droit. L'unique fenêtre est située juste en face de lui. Sans rideaux. Le jour filtre à travers les interstices des volets, dispensant une faible clarté, veloutée, sur l'ensemble de la pièce.

Sur une petite table reposent un vase et un cendrier vides. Le reste du mobilier est constitué d'une chaise, d'une armoire longiligne et d'un paravent dissimulant un lavabo et un bidet à l'émail ébréché. Et puis il y a ce lit sur lequel Clovis est allongé, nu. Les draps sont propres, c'est déjà ça. La toile un peu rêche frotte contre son sexe, qui se durcit peu à peu. Quatre filles en maillot de bain dansent un instant devant ses yeux. Il ne se rendormira pas.

Clovis se lève et passe une serviette autour de sa taille. Puis il quitte la chambre pour aller prendre une douche sur le palier. Dans le couloir, quelques bruits étouffés, indistincts, lui parviennent. Les bruits du matin. Un jour de plus qui commence.

L'eau tiède lui fait du bien. Il la laisse couler sur son corps, dans sa bouche, longtemps, sans bouger. Quand il regagne la chambre, sa peau est encore humide, ses longs poils bruns plaqués contre son torse. Un instant, il regrette de n'avoir pas pris quelques vêtements de rechange dans la valise… Non, il ne regrette rien. Il en achètera d'autres dès l'ouverture des magasins. Propres, inodores, jamais portés. Il jette un œil sur l'argent qui lui reste : un billet de cinquante et quelques pièces.

Il range son portefeuille et se penche pour faire son lit. Réflexe. Il réalise au dernier moment, un coin de drap dans chaque main. Dans un bref accès d'humeur, il arrache tout ça d'un geste sec et violent. La couverture pend à demi sur le plancher. Clovis saisit la serviette en cuir et sort sans se retourner.

*

Le ciel est d'un bleu paisible. Ce sera une douce journée de printemps. Avec déjà ce quelque chose dans l'air, impalpable, invisible, qui rend l'été tout proche, les yeux rêveurs, le pas plus indolent. La mélancolie de ce qui est à venir.

Clovis boit son café à petites gorgées. Il observe les passants à travers la vitre. La rue s'anime. Des gens qui vont bosser, pour la plupart, un peu moins pressés qu'à l'ordinaire — mais ceci, Clovis ne s'en rend pas compte, c'est une nuance, imperceptible à son regard ; pour lui, ils vont vite, de toute façon, les visages défilent, apparaissent, disparaissent sans qu'ils aient eu le temps de s'imprimer sur sa rétine. Il est obligé, parfois, de baisser les yeux sur sa tasse, sur le liquide noir stagnant.

Sa pensée décroche. La serveuse a le teint frais d'une fille de la campagne. Rondelette, des joues, des hanches, des fesses pleines. Lorsqu'elle passe l'éponge sur une table, ses seins remuent sous son chemisier. Des seins blancs aux bouts roses. Clovis saisit sa main dépourvue de bijoux et baise le bout charnu de ses doigts. Puis il remonte en léchant son bras potelé jusqu'à l'épaule. Ses aisselles sentent le blé. Il mord dans la chair tendre.

Ne lui a-t-elle pas souri, à une ou deux reprises ?...

Son regard revient sur les passants, évitant son

propre reflet sur le verre fumé d'une colonne qui lui fait face.

En partant, il laisse son dernier billet sur le guéridon et n'emporte avec lui que la saveur amère d'une fleur des champs qui s'offrait au printemps.

*

De nouveau, il s'est senti attiré par le fleuve. Le courant impassible et régulier dont la vue l'apaise — parce qu'il a besoin d'être apaisé, et rempli, rasséréné par la puissance de ces forces vives sans cesse renouvelées. L'eau bouillonne autour des piliers des ponts, créant de mini-tourbillons frangés de mousse blanchâtre. Quelque détritus disparaît brusquement sous la surface, avalé, puis recraché à quelques longueurs de là, en aval. Le cycle de l'eau. Rien ne s'arrête, jamais.

Clovis longe les quais pendant un bon moment. Puis il se décide, tourne le dos au fleuve et remonte une large artère embouchonnée. Les rues sont pleines de feux rouges et de coups de cornes dans la brume.

Avenue Montaigne, c'est plus calme. Quartier de rentiers qui passent leurs derniers jours à faire pisser leurs chiens.

Il est neuf heures cinq lorsque Clovis arrive au pied de l'immeuble. Ancien. L'enseigne est sobre, discrète, quelques lettres d'or sur une plaque de marbre gris clair. Un air de pompes funèbres.

Clovis est en arrêt sur le trottoir. Il regarde la façade, la porte vitrée qu'il lui faudra franchir, le sas intermédiaire. À travers le cuir de la serviette, ses doigts tâtent la bosse dure du revolver. Il a la désagréable impression que tout le monde sait.

C'était il y a dix-sept ans. Week-end de Pentecôte.

« Cinq individus armés ont fait irruption, vendredi soir, au domicile du directeur d'une importante succursale de la Banque de Zurich, à Lyon. Prenant l'homme en otage, ainsi que son épouse et la petite fille du couple, âgée d'une dizaine d'années, ils les contraignent à les accompagner jusqu'à la banque… »

Ça ressemble assez au vieux, ça. D'avoir choisi précisément celle-ci, celle-là même pour placer le pognon. Ça ressemble à ce qu'il était, à ce qu'il fut avant que le temps, la maladie, la vie lui piétinent la gueule. Il ne faisait rien sans panache, Charles. Ça ressemble à son complet blanc avant qu'il se tache d'une auréole de sang.

« … ligotée, bâillonnée, impuissante, toute la famille assistera en direct au pillage systématique de la salle des coffres, dont le directeur a dû livrer l'accès sous la menace de plus en plus précise des malfaiteurs… »

Faux. Les journaleux en rajoutent, peuvent pas s'en empêcher. Ils n'étaient pas bâillonnés. La femme avait la bouche de celles qui ont dû beaucoup s'en servir pour y arriver. Merveilleusement façonnée par la pratique. Elle n'était pas née telle quelle, bourgeoise, tailleur saumon. Elle était née avec son corps et ses lèvres généreuses qui tremblaient à l'idée de tout perdre en une seule nuit. C'est vrai qu'il avait eu envie de la baiser. C'est vrai qu'il n'arrêtait pas d'y penser. La prendre, là, sur le carreau glacé, mains liées, la faire jouir sous le nez de son mari. La vraie richesse. Autre que tous les trésors de tous les coffres-forts de toutes les banques de cette putain de planète.

S'il ne l'a pas fait, c'est uniquement à cause de la gamine.

« … par bonheur, aucun des trois otages n'a eu à subir de violences physiques. En revanche, le butin ainsi récolté devrait être considérable — on parle de plusieurs millions ! Et la tâche de la police s'annonce extrêmement difficile, les criminels n'ayant, semble-t-il, laissé aucun indice. Rappelons que leurs visages étaient dissimulés sous des masques en matière plastique à l'effigie de célèbres personnages de Walt Disney. Les gangsters se mettraient-ils à œuvrer pour le compte de l'Oncle Picsou ?… »

Connard. T'es seul à rire sur ton canard.

Daisy-Savatini est mort. Minnie-Larosa est mort. Les autres en sursis — Donald-Charles, Mickey-Clovis et le cinquième, le dernier des derniers : Dingo.

Tous en sursis.

Aujourd'hui, c'est différent. Clovis reboutonne son col, jette un coup d'œil autour de lui, puis plonge sa main à l'intérieur de la serviette — ce qui compte, aujourd'hui, ce ne sont pas les armes, ce sont les papiers. Il s'empare d'une pochette en plastique transparent et referme la serviette. Aujourd'hui, il est un client ordinaire, officiel, respectable, qui vient simplement retirer ses propres deniers. Une petite clé ronde et un Bic bleu dans la poche.

*

Il a pris juste le nécessaire. De quoi voir venir pendant six mois, un an, sans se poser de questions. Tout en liquide, sous la main, disponible n'importe où, n'importe quand, de l'argent que tout le monde comprend. C'est pas le genre de détails sur lequel il doit buter. Il a mis quelques coupures dans son portefeuille, le plus gros au fond de la serviette. Ses yeux ne brillent plus comme ils eussent brillé. Ça ne lui a fait aucun effet.

Pareil pour les fringues. Un grand magasin, il a pris presque au hasard, par poignées, des chaussures au blouson, plusieurs modèles de chaque, il a juste vérifié la taille. Il s'est changé dans une cabine puis a enfourné tout ce qui restait — même la serviette — dans un grand sac de voyage, en toile, dont il a également fait l'acquisition.

Ses vieux habits ont fini au fond d'un container, à l'angle d'un jardin public.

Il marche, le sac en bandoulière, comme un qui va prendre le train et qui n'est pas certain de revenir. Mais après quelques minutes, il fait signe à un taxi. C'est à l'autre bout de la ville. Il s'installe sur le siège arrière et donne l'adresse.

Par chance, le gars n'est pas un bavard. Pakistanais ou indien, barbe et cheveux flous, œil noir, peut-être un intouchable. Clovis peut laisser errer son regard. Il caresse les clés, du gras du pouce. Le compteur tourne. Chiffres rouges.

Il reprend conscience au bruit du frein à main

que l'on serre. Le taxi s'est rangé le long d'un trottoir.

— Qu'est-ce qui se passe ? demande Clovis.

— On y est, répond le chauffeur.

Clovis scrute l'extérieur à travers le pare-brise, puis sur les côtés.

— Vous êtes sûr ?

— C'est l'adresse que vous m'avez donnée, fait le gars.

Il a un fort accent. Corse. Il ne s'est même pas retourné. Dans le miroir terne du rétroviseur, Clovis croise ses yeux noirs qui ne dévoilent rien.

— Okay... souffle-t-il au bout de quelques secondes.

Il paye et sort. Le taxi s'emporte ailleurs.

Clovis jette un regard circulaire.

C'était un coin tranquille, presque endormi. Avec quelques villas jaunes posées ici ou là sur la butte ; quelques immeubles couleur de brique ou de suie, sans ascenseur, les chiottes en bas, dans la cour intérieure, devant les fenêtres des balustrades en fer forgé qui ne tenaient qu'à un fil. Au pied de la butte, il longeait une palissade : *Ferronnerie Lambert.* Des bruits de disqueuses, des bruits de marteaux, le fer qui se fâche, des étincelles trouaient la nuit jusqu'à des onze heures du soir, à l'heure où l'Arabe tirait son rideau. Un vieux toujours en bleu passait sa vie dans son jardin, cinquante mètres carrés rognés sur la butte, qu'il avait défrichés, aplanis, retournés, labourés, sillonnés pour en faire ce potager où poussaient tous les légumes de la terre. Hiver comme été, la bêche ou l'arrosoir à la main. Clovis lui disait bonjour, il l'aimait bien, avec un peu de pitié imbécile. Le vieux ne répondait jamais. Il reluquait la voiture.

Savatini avait sa planque dans le quartier. Un duplex dans une ancienne caserne de pompiers. Il avait conservé le trou béant, au milieu du salon, avec la rampe pour glisser direct jusque dans le garage où sa caisse l'attendait, au cas où.

Quand Savatini s'est fait descendre, Clovis a hérité de la voiture. C'était comme ça. Et quand lui-même a plongé, il a repensé à la caserne, au garage, a demandé à Charles de la laisser là, à l'abri, à quelques pas du potager.

Qu'est-ce qui l'écrase d'un seul coup ?

Clovis est toujours planté là au bord du trottoir, à l'endroit exact où le taxi l'a déposé. Il se refuse à bouger tant qu'il ne se sera pas repéré, tant qu'il ne sera pas sûr. Il a du mal à réfléchir. Les buildings se reflètent dans les buildings et le soleil n'a pas sa place. C'est une nouvelle race qui a poussé. La race pure, clinique, informatique et carrée. Derrière les vitres mates, des écrans bleus d'ordinateurs, des chemises blanches qui se déplacent sous des néons, qui flottent, de pièces en pièces, larges, aérées, communicantes. Les mêmes, d'étage en étage. Sur d'autres, d'immenses pancartes : LOCAUX À LOUER. On pourrait se couper à l'angle des rues, s'entailler tant c'est à vif, net, tranchant. Rien qui dépasse, rien qui ondule sauf ces manières d'arcades au pied des constructions, qui les soutiennent avec la force inébranlable de leurs cuisses en marbre factice largement écartées. L'ombre, dessous, y est encore plus dense.

La butte elle-même a disparu. La petite colline anéantie comme le reste, les petites maisons sur ses flancs, les serpents qui dormaient sous ses rochers, les chats, les rats, les oiseaux dans ses buissons.

Clovis doit reconstruire mentalement. Un long effort. Ses yeux cherchent la plaque : le nom de la rue n'a pas changé. Le nom des choses, qui ne signifie rien.

Il prend son sac et s'ébranle. Telle direction, à pas comptés, lents, prudents, l'œil aux aguets, comme dans une ville assiégée où chaque mansarde est le cocon d'un ver sniper. La ville de son père, où il n'a jamais mis les pieds. La guerre est partout, en tout.

Il stoppe au coin et tend le cou. Il vaudrait mieux ne jamais savoir. Il n'y croit plus. Son souffle se bloque…

Le vieux en bleu suspend son geste et le regarde. Un peu de terre noirâtre est restée accrochée au bout de sa bêche.

… Et pourtant il l'a vu. Vraiment vu. Il allait lui dire bonjour quand ce camion est passé devant son nez. Après, c'était fini. À la place du potager, il y a un squelette de béton armé. Deux étages seulement. Derrière, une grue étire son col jusqu'au ciel. Sa tourelle pivote lentement, son bec ouvert lâche des brindilles, des poutrelles de métal. Devant, c'est une palissade orange. Interdit au public. Le camion pénètre à l'intérieur de l'enceinte dans une vapeur de poussière écrue. Un Algéco blanc repose au pied d'une montagne de gravats.

Ils n'ont pas terminé. Bientôt d'autres buildings,

des constructions nouvelles, pareilles, d'autres locaux à louer, d'autres sociétés en développement, d'autres marchés en expansion, d'autres reflets bleutés derrière les vitres mates, et leurs cœurs microsoft qui palpitent en silence.

Ce n'est qu'un début.

Dans le prolongement du chantier, deux mètres après la fin de la palissade, Clovis aperçoit l'ancienne caserne. Son tour viendra un jour prochain. C'est juste une fiente à racler, couverte de graffitis — dont un, rouge, en plein front : *Squizz la souris*, qui lui parle mais qu'il refoule aussitôt.

Clovis traverse, soudain pressé. Il croise au passage trois jeunes musiciens, presque incongrus, vivants, portant leurs instruments en bandoulière. Il ne les voit pas. Il ne voit rien. Que la caserne, que le garage, que la porte du garage, que la poignée de la porte, que la serrure, que la clé dans sa main qui cherche la serrure, et la trouve du premier coup.

Il tourne la poignée et tire, arrachant un cri de rouille au panneau qui se soulève à demi. Clovis passe en dessous, referme derrière lui. Et respire enfin.

Le temps que ses yeux se fassent à la brusque obscurité, et la bête apparaît. Alanguie, racée, élégante même quand elle dort. Sa peinture est d'un beau vert sombre qui semble noir dans la pénombre. Puis ses chromes se mettent à sourire, d'un sourire d'argent.

Une pute de luxe.

Le sac s'écrase mollement sur le ciment. Clovis s'approche. Il ouvre la portière et le plafonnier s'éclaire. Il s'installe sur le siège avant. Le cuir frais se réchauffe au contact de son corps. Le bois précieux a des douceurs de veuve en manque. Tout va bien. Tout va bien…

Et puis ça vient, tout doucement. D'abord infime, comme un pressentiment, comme la vérité lorsqu'on refuse de la voir ; on sait, on repousse, on dit non de toute son âme, on n'y peut rien… ça vient, et quand c'est là, il n'y a plus que ça.

L'odeur.

Celle que Charles a laissée dans l'habitacle. Son odeur de vieux. De tous les vieux. Miasmes de corps gangrené qui fout le camp. Effluves de mort qui imprégneront désormais tout ce qu'il approche.

Clovis pose ses deux mains au centre du volant et son front sur ses mains.

Le rire hystérique d'un marteau piqueur fait soudain trembler le mur du garage.

*

Il a roulé toute la journée. Au hasard, en élargissant simplement le cercle autour de la ville — périph', puis banlieue, puis rase campagne. Seul parfois sur des kilomètres, avec l'unique bourdonnement du moteur. Toutes vitres baissées, l'air fou s'engouffrant, plaquant ses cheveux et le faisant frissonner quand il longeait une forêt de sapins immenses et drus. Au sortir, la route semblait plus blanche, il plissait les yeux. Quelque chose comme l'envie de sourire lui traversait l'esprit, et il s'imaginait sourire. L'odeur finissait par s'estomper. Les réflexes de conduite revenaient peu à peu. Sur une portion d'autoroute, il s'est permis une pointe, pied au plancher. Il ne pensait à rien. S'imaginait sourire, mais ses lèvres restaient soudées l'une à l'autre. Il a traversé des villages dont les noms lui rappelaient vaguement des noms de villages. Des hameaux, des lieux-dits, des maisons de gardes-barrière le long d'anciennes voies ferrées. Il évitait les villes de trop grande importance. En milieu d'après-midi, il s'est aperçu qu'il avait faim. Il s'est garé sur le parking d'un restau de routiers, au bord d'une nationale. Les minuscules graviers crissaient sous ses pneus. Il s'est extrait avec des gestes lents, s'est étiré. Ses reins le faisaient agréablement souffrir. Dans le dos, sa chemise était humide et le cuir du dossier aussi. Il a mangé de la charcuterie, du pain, du fromage, il a bu deux bières et beaucoup d'eau. Unique attablé. Un type en débardeur au comptoir qui discutait le coup avec le patron.

Il s'est retrouvé dans la tire, plus tard. Le soir descendait. Le soleil disparaissait quelque part en laissant un peu de bleu délayé. Il a remonté les vitres l'une après l'autre, le volant était frais sous ses doigts. Retour vers la ville. Les premières veilleuses à l'avant des voitures qu'il croisait. Il conduisait à faible allure.

Clovis.

Clovis… Clovis… Clovis…

On ne peut pas mourir un soir comme celui-là. C'est une chose impossible. On entrouvre la bouche, à peine, on a tout de suite le goût du sucre au bout de la langue. Le goût de l'airelle, et ce qui pousse dans les bois pousse en nous, ce qui coule avec les rivières, ce qui tient chaud nous tient. On ne peut pas. On regretterait trop.

C'est un piège. Une illusion. C'est si bon.

Clovis… Clovis… Clovis…

Rien que de faire tourner son propre nom dans sa tête…

La nuit le surprend, et cette multitude de phares blancs tout à coup. Il se concentre et s'insère dans le trafic. Le voyant de la jauge s'éclaire sur le tableau de bord. Cinq cents mètres plus loin, Clovis met son clignotant et s'arrête sur l'aire d'une station-service. Devant la pompe, il coupe le moteur. Et attend.

Il aimait bien cet instant où le visage du pompiste apparaissait devant la vitre ouverte — Le plein, s'il vous plaît ! Et quand le gars revenait encaisser son pognon en s'essuyant les mains sur un chiffon noir de cambouis.

Il pige que ça n'est plus. Désormais, on se sert. Il pousse la portière et descend. Puis il fait le tour de la voiture et enfonce le bout du tuyau dans le réservoir.

C'est en relevant la tête qu'il aperçoit les filles, un peu plus loin, devant les énormes rouleaux du lavage automatique. Elles sont deux. Une rousse, une brune. La rousse est assise sur une espèce de pliant. Elle regarde dans sa direction puis se relève. Elle se met à marcher, lentement, déhanchement…

Des putes.

Clovis vient juste de comprendre — il n'y a plus de pompistes. Self-service. L'essence, les putes à la sortie, c'est comme on veut, comme on a envie.

La rousse poursuit son manège mais la brune

ne fait pas un geste. Toutes les deux regardent dans sa direction.

Clovis baisse les yeux.

Quand le réservoir est plein, il se frotte les mains avec un morceau de papier et se dirige vers la caisse, à l'intérieur. Il ressort quelques instants après. Une Range-Rover s'est garée devant l'autre pompe. Le type est debout, à côté, qui mate les filles.

Clovis reprend sa place au volant et remet le contact. Un peu de sueur est apparu sur le haut de son front. Il l'essuie du revers de la main puis démarre. Les deux putes se rapprochent dans la lueur de ses phares. La rousse s'est arrêtée. Elles le suivent des yeux. Deux paires de jambes, deux paires de cuisses en attente. Clovis essaye de ne pas voir. Il ne peut pas. La brune a le ventre lisse, une large bande de peau hâlée entre son haut court et son short moulant. Son nombril est cette minuscule oasis au cœur du désert, où les princes à genoux viennent laper l'alcool de figue.

Clovis dépasse les deux filles. En bout d'aire, il freine.

C'est un fourmillement insupportable et délicieux dans son bas-ventre. Il se croyait plus fort.

Durant un laps de temps infime, son regard se trouble, se perd, il oublie tout, jusqu'à sa propre existence.

Ensuite il passe la marche arrière, recule et stoppe à leur hauteur. Il se penche et ouvre la portière, côté passager. Il regarde la brune, la putain brune qui le regarde. Elle ne bouge pas — doit-il la supplier ? Elle monte enfin et Clovis accélère en fixant un point droit devant lui. Ne rien dire, surtout, ne pas parler…

C'est drôle, on dirait que la pute l'a compris, qui reste muette avec un imperceptible sourire.

4

Ses lèvres remontent le long du membre avec une effroyable lenteur. Puis redescendent. Puis remontent. Puis redescendent. Remontent. Redescendent. Remontent.

Et recommencent.

Toujours sur le même rythme. Ses lèvres englobent tout, chaque micro-pore, unique, chaque particule de la peau élastique qui se tend à rompre. C'est un fourreau étroit, un gouffre tendre, deux limaces amoureuses qui cherchent à s'unir dans la moiteur luisante de leurs sécrétions. La salive coule. La bave. Un torrent de bave que sa langue recueille, canalise, puis répartit. Parce que sa langue est un lit moelleux et tant d'autres choses. Sa langue souple et multiforme. Sa langue qui sait toutes les courbes, et chaque grain, et chaque veine gonflée, qui les parcourt, qui les épouse, qui les caresse et les délaisse soudain pour deux petits coups frétillants et presque joyeux.

Et recommence.

Suce, mon ange…

Elle suce. Comme elle prie. Avec ferveur, cette

sorte de ferveur, puissante mais contrôlée, concentrée, et cette force, et la sérénité de ceux et celles qui ont la certitude de faire le bien. Elle fait le bien. Ses mouvements sont harmonieux, sans brisure.

Parfois, pourtant, elle s'arrête. Lorsque la verge palpite toute seule. Lorsqu'elle la sent prête, énorme, gorgée, avec les mêmes soubresauts qu'un poisson sur la berge qui supplie qu'on l'achève. Alors elle s'arrête, s'immobilise. Elle attend. Son souffle tiède sur le bout du gland est un supplice. Elle est patiente. Elle sait le moment exact où elle peut recommencer.

Et recommence.

Tout doucement. Ses lèvres frôlent les bourses pleines et contractées, ses dents les mordillent. Elle en cueille une comme une prune dans sa bouche, aspire, la roule sous sa langue puis la repousse, encore juteuse, la peau humide et frissonnante. Puis c'est l'autre. Puis elle lèche la queue, de la base au mont où le sang s'accumule et brûle délicieusement. Puis elle ouvre la bouche et la prend dans sa bouche, un monde clos aux frontières floues. La queue s'enfonce dans la pulpe molle de l'intérieur de ses joues jusqu'à ce que ses lèvres se referment et l'emprisonnent, redescendent et remontent, redescendent et remontent, lentement, lentement.

Et recommencent.

Clovis ferme les yeux. Ses yeux le piquent et s'emplissent de larmes qui ne coulent pas. Il voudrait que ça cesse. Il voudrait que ça dure toujours. Il souffre. Un plaisir sans égal. Il ne le sait pas mais ses doigts tremblent. Ils étaient posés sur le cuir du siège d'à côté, maintenant sur les cheveux de la fille. Tantôt ils caressent, tantôt ils empoignent et serrent. Clovis l'ignore. Ils ont leur vie propre, comme chacun de ses membres, chacune des parties de son corps. Ça remue à l'intérieur de son ventre et des vagues chaudes ondulent sous sa peau. Ses poils se hérissent, ses tétons durs et sombres se hérissent. Il a cru souvent que son sexe allait exploser. Son sexe gros comme deux fois son sexe, comme trois fois son sexe, érigé, monte au ciel, et d'une densité, d'une rigidité. Son sexe inconnu. Mais la délivrance ne vient pas. Elle cesse, la salope. Elle sait tout. Elle connaît sa queue depuis toujours, mieux qu'il ne la connaît. Elle respire doucement. Le souffle tiède de ses narines. Jusqu'à quand ?...

Clovis renverse sa tête sur le dossier. Ses yeux brouillés sous les paupières. Il voit noir, l'univers noir et des éclairs de magnésium, des bribes d'étoiles, des serpents jaunes et des lucioles qui le traversent. Sa nuque roule. Il s'abandonne. Il est dans sa bouche. Tout entier dans sa bouche. Il est à elle. C'est elle qui le possède.

Suce, mon ange, suce. Fais-moi léger, fais-moi fusée, fais-moi valser dans l'univers. Bouffe-moi la queue, bouffe-moi les couilles. Prends tout — il se croyait imprenable, tour d'ivoire, citadelle de pierre — prends tout et libère-moi !

Ses lèvres montent et descendent. Elle accélère. Enfin. Déjà. Clovis, les doigts de Clovis ne lâchent plus ses cheveux, les doigts de Clovis serrent, le sang de Clovis bout, Clovis ne sent plus son sexe, dix fois son sexe, sa queue monstrueuse. Elle accélère. Elle ne s'arrêtera plus. Salope. Mon ange. Je t'aime. Salope. Bouffe-moi. Libère-moi. Fais-moi jouir. Oui. Je jouis. Oui. Mon ange. Oui. Je jouis, je jouis, je jouis !...

Elle a fermé les yeux, elle aussi. Ses lèvres se resserrent autour du gland. Le premier jet brûlant l'atteint au fond de la gorge. Elle avale, tout de suite. Elle ne lâche pas. Le second au palais. De longs voluptueux jets qui viennent du plus profond, des racines, du fondement qui se contracte, des muscles qui se ratatinent, des nerfs à vif. Et ça gicle. Sa bouche en est remplie. Partout la sève épaisse au goût indéfini, sur les muqueuses et sur les dents et sur la langue et dans la gorge. Ses joues se gonflent. Ses lèvres restent collées autour du gland et elle aspire. Elle lèche le bout de la queue. Elle lèche par en dessous. Elle fait venir. D'autres jets, d'autres gouttes précieuses. Elle veut tout. Elle prend tout. Elle garde tout.

Et puis très vite — si vite ? —, les derniers spasmes d'un corps vide, étonné de l'être. Les derniers réflexes. Le membre encore raidi, sensible, douloureux. Ils laissent clos leurs yeux. Clovis respire. Elle respire. Ses lèvres relâchent un peu leur étreinte. Juste un peu. Puis ses lèvres lentement descendent le long de la queue. Puis remontent lentement. Puis redescendent. Remontent. Redescendent. Remontent. Redescendent. Et...

*

Tout s'est passé en silence.

Pas une parole échangée depuis qu'elle est montée dans la caisse. Il fait nuit. Clovis a toujours la tête en arrière, contre le dossier. Il fixe le plafond.

— T'es pas une femme, c'est ça ?

Elle est assise sur le côté, tournée vers lui, une jambe repliée et passée sous l'autre. Sa question la surprend. Son rire éclate. Un joli rire clair.

— Me dis pas que tu le savais pas ! fait-elle.

Clovis remue doucement la tête, pour dire non, ou pour dire c'est fou, c'est incroyable.

Elle se calme et demande d'une voix gentille :

— Tu es déçu ? Ça ne t'a pas plu, peut-être ?

Clovis se redresse et tend brusquement la main vers le plafonnier. Il éclaire. Il la dévisage.

Elle est jeune. Elle a de longs cils. Ses lèvres luisent encore et ses yeux brillent de l'intérieur.

— Comment il faut dire ? fait soudain Clovis. "Elle" m'a sucé la bite, ou "il" m'a sucé la bite ?...

C'est une colère sourde, contenue, les lèvres minces comme le fil d'un rasoir.

Elle soutient son regard. Juste une ombre qui traverse le sien, un court instant, puis s'efface.

— Il, elle... je sais pas. C'est comme on a envie. Il y en a même qui disent "ça"... Mon prénom, c'est Césaria.

— Césaria !

Clovis a un bref sourire, ironique, méprisant. Il secoue de nouveau la tête.

— Depuis combien de temps tu n'avais pas joui ? demande Césaria. J'ai eu l'impression que c'était la première fois.

La main de Clovis se crispe autour du volant, en même temps que sa mâchoire. Il ne dit rien, jette un regard noir au-dehors.

Il ne sait même pas où il est. Il a pris cette espèce de chemin défoncé sur la droite. Il était pressé. Ses phares ont glissé sur une montagne de pneus, puis sur un grand hangar, une enseigne aux lettres peintes, effacées, sans couleur, un portail avec une grosse chaîne qui pendouillait. C'était désert. Il s'est arrêté là.

— Tire-toi ! souffle-t-il soudain.

— Oui, dit-elle comme si elle savait déjà. Paye-moi.

Clovis sort son portefeuille et en tire quelques billets qu'il lui tend, sans regarder. Césaria les prend et les range dans son sac à main. Gestes las. Elle décroise ses jambes.

La lune se reflète sur les toits de dizaines et de dizaines de caravanes alignées derrière un grillage, un peu plus loin, devant eux. Et derrière, à moins de trois cents mètres, il y a la nationale qu'ils ont quittée tout à l'heure, le grondement sourd des moteurs, le rugissement des bahuts lancés à toute allure sur le ruban noir et de temps en temps un long coup de klaxon qui éclate puis s'éloigne en mourant comme la sirène d'un cargo perdu.

Césaria ne bouge pas. Elle fixe un point, nulle part, à travers la nuit.

— Je m'appelle Césaria, murmure-t-elle. Je porte une jupe bleu marine. Plissée, longue, jusqu'aux chevilles. Un chemisier blanc avec un petit col tout simple, des lunettes de soleil. C'est l'après-midi. Il fait beau. Je me promène en ville.

Il y a du monde, beaucoup de monde. Je marche dans les rues, je regarde les boutiques, il y a des hommes, des femmes, des enfants, des petits chiens en laisse. Je me vois dans les vitrines. Personne ne sait. Personne ne peut savoir !

Elle se tait. On ne sait pas très bien, au juste, si c'était un rêve ou un souvenir, ou la réalité.

— Tire-toi, répète Clovis.

Césaria soupire et débloque la portière. Elle sort. Son ventre nu frissonne au contact de l'air. Elle se penche et regarde encore une fois Clovis, de profil, son menton carré, ses traits aigus que la lueur tamisée du plafonnier ne parvient pas à adoucir. Elle voit sa chemise froissée dépassant de son pantalon.

— Je te pardonne… souffle-t-elle d'une voix douce, avant de refermer.

Clovis remet aussitôt le contact. La vitesse craque, les roues tournent une seconde dans le vide avant d'arracher la terre du chemin. Des petits cailloux giclent sur les côtés. Marche arrière, puis un brusque demi-tour. Césaria prend l'éclat des phares en pleine figure. Elle ne bronche pas. Le moteur hurle, la voiture dérape puis s'éloigne en cahotant dans les ornières. Bientôt ce ne sont plus que deux points rouges, attisés comme des bouts de cigarettes, qui faiblissent, puis s'éteignent.

Césaria est seule sous la lune — immense et blonde.

Ses seins la tiraillent mais la sensation n'est plus vraiment désagréable. Du bout des doigts, elle caresse la chair de poule le long de ses bras. Songeuse. Au bout d'un instant, elle ouvre son petit réticule à lamelles argentées et en extrait un miroir de poche et un tube de rose. Elle passe le bâton sur ses lèvres, pas trop — elle veut garder le goût de la sève sur la langue et au fond du palais. Elle trouve son reflet un peu pâle, sans doute à cause de cette étrange clarté lunaire. Elle ne pense pas à ce qu'elle fait. Elle pense à autre chose. Ce qui est sûr, c'est qu'elle n'a jamais sucé comme ça. Jamais.

Elle fourre ses ustensiles de beauté dans le sac ; le fermoir claque.

Césaria se met en marche. Ses talons hauts sur le mauvais chemin, sans trébucher. Elle a l'air de survoler les pièges. Quelques centimètres au-dessus du sol : c'est suffisant.

Un oiseau de nuit appelle. Ce soir, elle connaît sa langue. C'est tout juste si elle ne lui répond pas.

5

L'animal a surgi des broussailles, sur le bas-côté. En deux bonds, il est sur la chaussée. Il s'arrête, une patte en l'air, comme paralysé, fasciné par le double faisceau de lumière qui se dirige vers lui. Il incline légèrement la tête. Ses oreilles se dressent. Les phares ne l'éblouissent pas. Ses yeux restent grands ouverts, attentifs et pleins d'une crédule curiosité. Seules ses narines palpitent, à l'affût d'une éventuelle odeur qui lui permettrait d'identifier ce corps étranger qui se rapproche. On n'a pas dû le prévenir.

Clovis ajuste ses mains moites de chaque côté du volant. Ses bras s'étirent, raides, parfaitement parallèles, ses muscles se tendent. Il a vu. Trente mètres. Tout droit. Deux perles oblongues aux teintes d'acajou. Une goutte de jaune intense au centre des pupilles — Tire-toi !

Ses oreilles se bouchent. Il n'entend plus rien. Il accélère…

*

— Qu'est-ce que c'était ? demande Césaria, sourcils froncés.

La femme fait la moue, l'œil rivé sur son rétroviseur extérieur. La forme sombre gisant en travers de la route rapetisse à mesure qu'ils s'éloignent.

— J'en sais rien, dit-elle. Peut-être un chien, ou un renard, ou un blaireau.

— Un blaireau ? Y a des blaireaux, par ici ? s'étonne Césaria.

— Sûr ! fait la femme. Y en a partout, de ces bêtes-là !

— J'en ai jamais vu, murmure Césaria.

L'autre a une espèce de hoquet goguenard.

— C'est parce que tu roules pas assez, ma belle ! Si tu te tapais tes cent mille bornes par an depuis quinze ans, comme moi, crois-moi que t'en aurais croisé un paquet ! C'est même eux les plus nombreux, sur la route. Surtout en été. Des blaireaux en caravanes, des blaireaux en camping-cars, des blaireaux allemands, des blaireaux arabes avec leurs 305 bourrées à craquer !... Putain, y a que ça !

Elle se marre. Sa poitrine lourde et molle ballotte sous son débardeur. En bas, elle porte un jean noir qui lui colle aux cuisses, des espadrilles aux pieds, une fine chaîne dorée autour de la cheville.

Césaria sourit, pour lui faire plaisir. Elle a ôté ses chaussures et remonte ses genoux contre sa poitrine, puis les enserre de ses bras.

— T'as froid ? demande la femme.

— Ça va, dit Césaria.

— Aussi, t'as vu comment t'es fringuée ! Tu comptais marcher comme ça jusqu'à la plage ?

Elle rigole, une nouvelle fois, rejetant en arrière sa face un peu ronde et son cou large. Puis elle plonge une main dans le creux derrière la banquette et en retire une sorte de plaid à carreaux, aux franges arrachées.

— Tiens ! fait-elle, mets ça sur tes jolies guibolles, ça les tiendra au chaud.

— Merci.

— J'm'appelle Suzanne. Et toi ?

— Césaria.

— Wouahouh ! Pas mal ! Qu'est-ce qui t'est arrivé, Césaria ? Encore un de ces enfoirés qui t'a laissée quimper au bord de la route ? M'étonne pas ! Tous les mêmes : une fois épongés, ils en ont plus rien à foutre de toi ! Y payent, y s'cassent !... Mais merde ! Même si tu fais ça pour le fric, y a quand même pas que ça ! Y a aussi la manière !... Tu parles !... Tu sais quoi, ma chérie ? Moi j'dis que ces salopards, ils ont le cœur qui se vide en même temps que les couilles !

Elle s'approuve elle-même, d'un fort hochement de tête. Son regard s'est durci.

Césaria écoute d'une oreille distraite, le menton calé sur ses genoux. Elle se laisse bercer. Les rares voitures qu'elles croisent ont l'air de minuscules insectes. C'est pas la première fois qu'elle monte à bord d'un semi, mais d'habitude c'est pas une nana qui conduit. Et c'est un autre genre de discours.

Comme chaque fois avant de parler, Suzanne

souffle du coin des lèvres sur une longue mèche rousse qui lui tombe sur l'œil droit.

— Je sais ce que c'est, va ! reprend-elle. J'ai un frangin qu'est comme toi.

— Comme moi ?

— Ben, ouais. Y fait le travelo, quoi ! La honte de la famille !... Non, j'rigole ! C'est mon père qui disait ça... Moi, je l'adore, mon frangin. Chaque fois qu'il a un gros coup de cafard, c'est moi qu'il vient trouver. Il me raconte tout. Son problème, à lui, c'est qu'il tombe raide amoureux tous les deux jours ! Même de ses clients. Les chacals, ils en profitent, tu parles ! Tirent à l'œil tant que ça dure ! Heureusement, ça dure pas. Mais ça recommence presque aussitôt... On peut rien y faire, il est comme ça, Pierrot. C'est un sentimental.

— Comment ça fait, d'être amoureux ? demande Césaria.

L'autre glousse.

— Ah ! fait-elle. Mignonne comme t'es, me dis pas que ça t'est jamais arrivé ?

— J'en sais rien...

— C'est peut-être pas plus mal, remarque. Vu le boulot que tu fais !

— Alors, ça fait comment ? insiste doucement Césaria.

Suzanne fait voler sa mèche ; elle se concentre, comme si elle cherchait les mots justes, puis elle se lance :

— C'est comme quand t'as très envie de pisser !... Ça presse, tu vois ! Tu peux plus tenir. Tu penses qu'à ça. À part que t'as pas du tout envie de pisser ! T'as juste envie de voir l'autre, de le sentir, de le toucher, d'entendre sa voix, même si c'est un bègue, même s'il parle du nez ! C'est pas ça qui compte. Pour toi, c'est la plus belle voix du monde, la plus douce. Y peut dire n'importe quoi, tu l'écoutes et ça te fait frissonner, et ça te chatouille jusque-là, dans les entrailles... Des fois, t'as même envie de le bouffer, tellement !

— De le bouffer ? répète Césaria.

Sa langue frotte doucement contre son palais.

— Ouais, fait Suzanne. Dommage que tu sois pas mon genre, j'aurais pu te montrer ! Mais j'ai un faible pour les blondes, moi, avec des nibars gros comme ça !

Elle lâche le volant et met ses larges mains en conques à dix centimètres de ses propres seins. Elle se marre. Césaria rit aussi, sans cesser de fixer la route et les bandes blanches que le monstre avale.

— T'inquiète pas, reprend Suzanne. Tout' façon, quand ça te tombera sur le coin de la gueule, tu sauras !... On s'met un peu de musique ? enchaîne-t-elle aussi sec.

Sans attendre la réponse, elle enfonce une cassette dans l'autoradio.

Hell's Bells. AC/DC. Hard.

Césaria sursaute quand le premier coup de gong explose dans la cabine.

— Waouuhh ! beugle Suzanne.

Elle souffle tellement fort que sa mèche se retourne et va se plaquer sur le sommet de son crâne.

Second coup de gong. Volume à fond. Les baffles tremblent. Puis c'est la guitare saturée qui décolle et mêle sa voix railleuse au son des cloches de l'enfer.

Lorsque la batterie entre, Suzanne se met à marteler son volant. Sa tête aussi marque le rythme, à grands coups dans le vide. Sa lèvre supérieure se relève en une moue guerrière, sauvage et gaie.

Le camion glisse dans la nuit claire, à la lisière de la ville, comme si rien ne pouvait l'arrêter.

Césaria repose son menton sur ses genoux. Sa peau se frotte au plaid râpeux. Elle finit par ne plus entendre la musique, ni la voix de Suzanne qui reprend le refrain en écorchant vif les mots anglais.

Césaria est bien. Elle se sent pleine. Son ventre nu s'est réchauffé.

« Jusque-là, disait Suzanne. Jusque dans les entrailles… »

6

Il a mal dormi. Dans une chambre quatre étoiles. Grand lit, petit bar, TV, Canal, satellite… rien à foutre !

Putain ! Le premier qui a essayé fut aussi le dernier ! Un petit Noir au corps svelte et musclé, pédé notoire. Bambi. Toute la taule était au courant. Ça faisait plutôt marrer, ses manières de gonzesse, ses T-shirts échancrés jusqu'au nombril. Paraît qu'il avait saigné une grand-mère d'un coup de rasoir. Il était là pour vingt ans, au moins, comme un poisson dans l'eau. Drôle de poisson. Suffisait de demander et d'allonger le fric : il fournissait tout. Du tube de dentifrice à la barrette. Une vraie épicerie. Et son cul, bien sûr. Ça faisait marrer, même si on savait que la moitié des détenus étaient passés dessus. C'est comme ça, c'est la vie. On n'en causait pas. Bambi, c'était le seul à s'afficher.

Clovis avait dû taper dans son œil de biche. Un jour, le nègre lui a carrément mis la main là où y fallait pas, sans prévenir. Clovis l'a chopé au poignet et il l'a plus lâché. Il lui a cassé trois doigts, l'un après l'autre, en le regardant bien en face. Ça craquait comme au cinéma. Il les aurait tous cassés si le maton s'était pas pointé. Bambi hurlait comme une folle tordue. Il a jamais recommencé. Ni lui, ni personne.

Le parfum des tulipes finit par devenir entêtant. Clovis sent comme une barre dense au niveau de ses sourcils. Il regarde le vase en pâte de verre, imitation Gallé, posé sur un napperon au centre de la table ; et les trois plantes à l'intérieur, les trois fleurs jaunes un peu penchées, somnolentes, au sommet de leurs tiges. Il est trop tôt pour elles, elles sont encore fermées.

Il décroche le téléphone mural et commande un petit déjeuner. Ensuite il se lève, décidé à prendre une nouvelle douche, chasser les fleurs de sa vue et la barre de son front, oublier, noyer tout ça sous un jet purificateur. Que l'eau sale de sa sueur et de ses pensées s'écoule à travers la bonde, jusqu'aux égouts.

Ses pieds nus s'enfoncent dans la moquette. Les carreaux de la salle de bains sont d'un rose pâle, plus pâle que les lèvres de…

Il ouvre les robinets et se jette sous la cascade encore froide.

*

Lorsqu'il ressort, un quart d'heure plus tard, le vase et les tulipes ont disparu. Un grand plateau occupe pratiquement toute la table. Lait, café, croissants, pains au lait, sucre roux, sucre blanc, beurre et confiture. Un verre de jus d'orange accroche un rayon de soleil. Le store a été relevé. La chambre est claire.

Instinctivement, Clovis jette un coup d'œil au pied du lit. L'immense sac de voyage est toujours là, fermé. On n'y a pas touché.

Avant de se mettre à table, il se rase. Petite entaille sous le menton. Une goutte de sang coule sur le peignoir blanc, sur le sigle brodé de l'hôtel.

Il ingurgite tout. Tout ce qui est mangeable sur le plateau. En mâchant bien, longuement, patiemment. Tout ce qui est buvable, à petites gorgées, le coude sur la table. Il est assis face à la fenêtre, le regard aussi figé que la brume de chaleur matinale. Il repose sa dernière tasse, vide.

C'est à ce moment-là que la mélodie resurgit dans sa tête. C'est à ce moment-là qu'il s'en rend compte, du moins. Rengaine. Comme une ancienne amante, une vieille maîtresse qui s'accroche. Aimée, puis délaissée. Elle le suivra partout, sans rien demander, simplement sa présence. Être là où il est.

« Je te pardonne… »

Clovis serre les lèvres mais ça ne sert à rien. Il se lève d'un bond, renversant sa chaise, arrache son peignoir et tire sur la fermeture Éclair du sac. En moins d'une minute, il est habillé. Il ouvre la serviette en cuir et en sort le revolver. Il le nettoie, puis fait tourner le barillet, plusieurs fois. Puis appuie sur la détente. Et répète encore ces gestes. Et les bruits qui vont avec : le bruit du cylindre tournant sur son axe, comme les battements d'ailes d'un moineau pris au piège ; les petits claquements secs du percuteur sur le métal.

Clovis essaye de s'en saouler, mais la mélodie s'infiltre à travers les mailles et chaque instant de silence en est rempli, comblé.

Pour finir, il introduit six balles à l'intérieur du barillet, réunit ses affaires et quitte la chambre.

En bas, il ignore le larbin préposé aux bagnoles et va lui-même récupérer la Jaguar au parking privé de l'établissement. Ses pas résonnent dans le vaste sous-sol. Il est seul, pas un chat, pas un rat. Sur le pare-chocs avant, une trace de sang séché, grosse comme un ongle.

Après avoir fourré le sac dans le coffre, il dépose le flingue dans la boîte à gants. Il démarre. Il est neuf heures trente-quatre à la pendule du tableau de bord. C'est le troisième jour. Son troisième matin de liberté.

Déjà deux de trop.

*

Charles n'a pas menti. La tombe de Marthe Honorée Klovisevitch est la plus fleurie du cimetière. Ce que le vieux a omis de dire, c'est qu'il s'agit de fleurs factices. Plastique et tissu imperméabilisé. Imitation parfaite. Pratique, rentable. Le vent, la pluie, la grêle : rien n'y fait. Toujours gai, comme un sourire d'un coup de hache bien placé en travers de la face. Indélébile. Ça dure ce que ça doit durer : l'éternité.

On ne distingue presque plus le marbre tellement il y en a. Marthe Honorée Klovisevitch repose ici, sous ce char de carnaval immobilisé — la fête est finie. Et son fils est là debout devant elle, immobile, les yeux fixés sur la plaque gravée. Un nom, deux dates, juste ça. Elle qui fut sa mère. Lui qui fut tout pour elle.

Maintenant il lui faut retrouver sa colère, au fils. Il est temps. Sa hargne. Sa rage. Modeler cette pâte encore informe et la pétrir, et la nourrir, la faire enfler comme cette boule compacte qui lui obstrue la poitrine, et l'arracher de sa poitrine, la faire tournoyer au-dessus de sa tête pour la lâcher enfin avec la seule volonté de briser, de détruire, d'écraser. Il faut qu'il se souvienne que ce fut son seul et unique but pendant plus de dix années, qu'il n'a pensé qu'à ça, dix années, qu'il n'a tenu, qu'il n'a vécu que pour ça. Il faut qu'il baisse les yeux, qu'il regarde encore et qu'il se souvienne qu'il ne l'a jamais revue vivante. Qu'il se souvienne que la dernière fois c'était ici même, que c'était trop tard, que c'était sa seule sortie, sa seule journée sans barreaux, en dix années, et qu'elle est morte de ça. Et qu'il se souvienne aussi des deux gorilles qui l'accompagnaient ce jour-là, qui l'encadraient sous la pluie fine, jeans et baskets, et la bosse sous leurs aisselles, et leurs chewing-gums au bec, et le regard intrigué des deux petites vieilles, voisines de palier, les seules venues parce que venant à tout ce qui s'enterre avant elles dans le quartier, et sa honte à lui, et son effort pour tenir sa tête droite, pour tenir son corps, pour tenir ses larmes, pour tenir. Qu'il se souvienne qu'il avait dû dire merci au directeur de la prison.

Morte, Marthe Honorée Klovisevitch. De tous ces poisons lents qu'il a distillés dans son sang, l'inquiétude, l'angoisse quotidienne et la peine, morte de ça et de rien d'autre. Alors oui, qu'il s'en souvienne, le fils — pas même un baiser d'adieu sur son front toujours soucieux —, qu'il s'en souvienne et qu'il frappe ! Après, peut-être, il sera libre.

Il est près de midi. Clovis essaye de respirer. Une petite brise se lève, un petit vent tiède qui ne fait que frôler. La cime des cyprès, alignés contre le mur du fond, ne remue même pas.

Les visiteurs sont rares. Un peu plus loin, cependant, dans la même allée, se trouvent une femme et son enfant. Ils sont arrivés peu de temps après lui, il y a une demi-heure environ. Ils se tiennent par la main. Le petit garçon doit avoir six ou sept ans. Ses jambes droites et minces, comme deux bâtons de vanille, flottent dans son bermuda. Il porte aux pieds des sandalettes bleues. Il est resté un long moment comme sa mère, sans rien dire, sans bouger, grave devant la tombe. À présent, son bras commence à se balancer, balançant du même coup celui de la femme, dont le reste du corps demeure inerte. Elle ne s'en aperçoit pas. C'est comme si ce membre s'était détaché d'elle, comme s'il était devenu autonome. La fraction s'est opérée, entre l'esprit et la matière.

Mais l'enfant est vivant. Le vent soulève un coin de sa frange. Il tourne la tête, à droite, à gauche, son regard se pose sur un lézard tapi sur une dalle blanche de soleil. Le reptile ne bronche pas. Et l'homme, là-bas, ne bronche pas… Est-ce que c'est ça, la vie ? Regarder des corps inertes ?

Tendre la main dans le vide ? Attendre ? Regarder et attendre ?

Clovis ignore le regard du gamin. Il ignore jusqu'à sa présence. Sa mère est morte. Ces fleurs sur sa tombe sont mortes. Et un cow-boy sans chapeau fredonne une chanson tendre — saloperie, plus fort ! Plus fort !... Il en a besoin.

Dans le grand silence qui l'entoure, Clovis écoute monter sa colère.

*

Deux cents mètres avant la bretelle d'accès à l'autoroute, il donne un brusque coup de volant sur la droite, coupant ainsi, de biais, la trajectoire d'une camionnette de location qui roulait peinarde sur sa file. Les deux véhicules se frôlent. Clovis a juste eu le temps de percevoir le cri déchirant des pneus sur le goudron. Il débraye et enfonce le pied sur l'accélérateur. Les coups de klaxon se perdent derrière lui, comme les appels de phares. Il est déjà loin.

Au premier carrefour, il prend de nouveau à droite, une voie parallèle à celle qu'il était en train de suivre, mais dans l'autre sens, cette fois. Il montait, il redescend. Il revient sur ses pas.

Voilà. C'est une évidence. Il ne peut pas faire autrement. Il se soumet et sa colère se teinte d'une sorte de soulagement : celui de ne plus avoir à lutter. Au moins pour ça.

La première fois qu'il s'est pointé devant la station, il était trois heures de l'après-midi. Elle n'était pas là.

Alors Clovis avait eu peur. Peur panique, brutale, atroce. Ça n'avait duré qu'une ou deux petites secondes : le temps pour lui d'imaginer qu'il pourrait fort bien ne jamais, jamais, la revoir — cette station étant la seule « adresse » qu'il lui connaissait… Il chutait du haut d'une falaise en même temps qu'il apercevait son propre corps, tout en bas, écrasé sur les rochers. Deux petites secondes presque éternelles.

Jusqu'à ce qu'il remarque les pliants, dépliés, à l'angle du lavage automatique. La chute s'est arrêtée net.

Bien sûr. Pauvre idiot. On ne peut pas faire et la nuit et le jour. Si ça se trouve, elle dort encore.

Il est revenu quatre heures plus tard. Mollo. Avisé. Il y avait ce vieillard, debout, bras croisés, qui regardait sa 205 se faire aspirer inexorablement entre les énormes rouleaux. Il y avait la Rousse, qui aguichait le vieillard, gentiment, tournait autour, ses yeux un brin moqueurs, insolents. Quand elle a reconnu la Jaguar, elle a eu un léger mouvement de surprise. Elle a lâché le pépé pour s'approcher. Ses hanches tanguaient, roulaient d'un bord à l'autre démesurément. Clovis lui a lancé un regard noir à travers la vitre, avant de faire bondir la voiture d'un coup d'accélérateur nerveux. Il a fui. Pendant un long moment, il a gardé la vision de la Rousse, sa gorge renversée, son large rire muet aperçu dans le rétroviseur. Un rire de victoire.

C'est là qu'avait vraiment débuté le combat.

Clovis serait sans doute incapable de dire ce qu'il a fait durant les trois dernières heures de son existence. Rouler. Rouler. Un périmètre restreint, un arrondissement, un quartier, quelques rues qui se ressemblent, qui ont fini par être tout à fait identiques les unes aux autres lorsque la nuit est tombée. Au-delà, c'était impossible. Clovis a bien tenté, lors de soudains accès de révolte, soubresauts rageurs, quand il pensait peut-être que la garde était baissée et qu'il se trouvait une faille où s'engouffrer. Aussitôt il se cognait à quelque invisible barrière qui le renvoyait dans son coin, étourdi, sonné, impuissant. Et ses bras, et ses mains continuaient de manier le volant, de passer les vitesses, et ses pieds enfonçaient encore les pédales, et les feux, rouge, orange, vert, qui signifiaient quoi ? et les phares bientôt, et les piétons devant les phares, qui étaient ces gens qui comptaient pour rien ?... Tourner en rond. Clovis était toujours là, pas loin, sans comprendre. La vague impression, informulée, d'avoir troqué une cellule pour une autre, dont personne n'avait la clé.

C'était son ultime tentative. La camionnette Avis avait failli lui arracher la carrosserie. Échec.

À présent, il sait où il va. Sa pensée se raccorde à ses gestes. L'aiguille de la jauge est dans le rouge à force de louvoyer. Il fera le plein ; du carburant jusqu'à ras bord comme s'il devait partir loin, très loin. Il va d'une allure tranquille. Il n'est plus pressé. Même si elle n'est pas là, il sait qu'il l'attendra. Une heure, une nuit, une vie, le temps qu'il faut. Il se rangera dans un coin de la station, une petite place un peu à l'écart, sans trop de lumière. Il coupera le moteur. Il guettera. Il n'a pas perdu sa colère ; il y a autre chose en plus, c'est tout. Il l'attendra. Sans cesser de se répéter, pour lui tout seul, qu'après ça ira, ça ira…

*

Césaria se penche et, du bout des lèvres, envoie un baiser au jeune étudiant en droit qui vient de la déposer. C'est un parmi les fidèles. Riche. Fils de. Quand elle l'a levé, il avait déjà son cabriolet mais pas encore le permis pour le conduire. Un rien le fait se pâmer. Il pousse de drôles de petits cris. Césaria s'amuse, elle l'aime bien. Il répond à son baiser par un signe de la main et se tire avec son brushing, ses montures en écaille, son col officier et ses idées révisionnistes à l'état embryonnaire.

Césaria traverse la rue pour rejoindre la station-service. Elle porte une jupe en stretch, aujourd'hui. Mi-cuisses. En haut quelque chose de tellement léger que le moindre souffle risque fort de la mettre à nu. Elle s'insinue entre les files de voitures quasiment à l'arrêt, en feignant d'ignorer les regards derrière les pare-brise. Ses longs cils brillent au clair de lune et l'éclat des phares donne à l'intérieur de ses cuisses un aspect moiré.

La Rousse est arrivée cinq minutes plus tôt. Dès qu'elle aperçoit Césaria, elle va à sa rencontre. Clin d'œil, sourire.

— Je crois que tu t'es trouvé un nouvel admirateur, chérie, dit-elle de sa voix un peu rauque. Il a l'air accro…

D'un bref signe de tête, elle invite sa copine à jeter un coup d'œil derrière les pompes.

Césaria ne semble pas surprise en découvrant la

Jaguar, garée dans un coin à l'entrée de la station. Une barre de néon se reflète sur son capot. Césaria ne distingue qu'une forme sombre à la place du conducteur, pourtant elle est certaine, en cet instant, que l'homme la regarde, que leurs yeux se sont cherchés et trouvés, et ne se quittent pas. Elle cesse tout mouvement. C'est un instant de bonheur, rare, elle l'accepte et se laisse envahir. Une autre voiture démarre et s'arrête à côté d'elle. Le conducteur lui fait signe. Césaria remue la tête, faiblement, pour dire non, sans même se rendre compte du sourire timide et doux, et humble, qui illumine son visage tout entier — ou bien est-ce les phares de la Jaguar qui viennent de s'éclairer ? Le type l'envoie au diable d'un médius dressé et se propulse quelques mètres plus loin, jusqu'à la Rousse, qui se penche à la vitre en faisant saillir ses lèvres et ses seins. Puis grimpe.

Césaria n'entend pas la portière qui claque et la caisse qui s'éloigne. Depuis quelques secondes, elle n'a plus en tête que ces quatre mots presque chantants, que cette phrase idiote qu'elle a dû lire quelque part ou entendre au cinéma dans la bouche d'une starlette, et qui la comble :

« J'attends mon amant, se dit-elle. J'attends mon amant… »

7

C'est beaucoup plus violent que la première fois. Et rapide. Césaria a joint l'habileté de ses mains à celle de sa bouche. Ses ongles rouges vont et viennent en contrepoint de ses lèvres rouges. En moins de deux minutes, Clovis jouit, les reins cabrés, la face grimaçante, dents serrées comme s'il craignait de laisser échapper le moindre râle. Les seuls bruits sont des froissements d'étoffe, de chair, le cliquetis de deux bracelets — des joncs en or qui s'entrechoquent au poignet droit de Césaria — et bien sûr, au-dehors, le bourdonnement incessant des moteurs lancés à plein régime sur le long ruban plat de l'A 81.

Elle n'a posé aucune question. Même quand Clovis s'est engagé sur l'autoroute. Pas un mot. Elle rayonnait en silence. Et quand Clovis a stoppé sur cette aire, à peine le contact coupé, il a senti ses doigts à elle qui le fouillaient et s'emparaient de lui. Son sexe était déjà dur.

Césaria ne laisse rien perdre. Recueille le suc, le boit comme l'essence la plus pure, l'élixir vital, l'absinthe qui rend fou. Chaque millilitre de foutre est pour elle un don du Ciel. Ensuite, elle lèche la queue comme une chatte lèche son poil, jusqu'à la rendre propre et nette, luisante à peine. Elle remonte elle-même la braguette, reboutonne puis se redresse. Elle est à genoux sur le siège de la Jaguar. L'habitacle baigne dans la lueur jaunâtre d'un réverbère. Clovis peut voir son visage.

Une larme descend lentement le long du nez de Césaria. Une larme, une seule, laissant dans son sillage une trace charbonneuse de rimmel. En même temps, son sourire a éclos, et c'est seulement à cet instant que Clovis se rend compte à quel point ses dents peuvent être blanches et régulières. Il n'en a jamais vu de semblables. Sa main se lève vers ce visage, s'approche puis s'arrête, reste en suspens, à quelques centimètres, et retombe sur le siège comme un oiseau plombé.

Clovis se détourne.

— Tu ne me connais pas... soupire-t-il. Si tu viens avec moi, tu vas souffrir. Tu vas pleurer. Et pas des larmes comme celle-là. Des vraies larmes. Des larmes qui font mal. C'est tout ce que j'ai à te proposer.

Après ça, le silence revient. Césaria se rassoit et regarde dans la même direction que Clovis, vers le carré de béton marron abritant les lavabos et les pissotières. Elle semble réfléchir.

— Ça veut dire que j'ai le choix ? demande-t-elle enfin.

Clovis hoche la tête.

— Oui...

— Non, rétorque Césaria.

Il se tourne vers elle, un peu surpris.

— Tu vas avoir peur, aussi, ajoute-t-il. Tu risques même d'y laisser ta peau !

Elle sourit de plus belle.

— Si je refuse, tu vas me laisser là et je vais encore devoir tailler une pipe gratis à un routier pour qu'il me ramène !

— C'est peut-être ce que t'as de mieux à faire, dit Clovis.

— Non. C'est fini. J'arrête.

— Quoi ?

Il a presque sursauté.

Césaria le regarde bien en face. Un éclair de malice brille au fond de son œil, mais sa voix est tendre.

— Personne d'autre que toi… murmure-t-elle.

La larme a séché sur son visage, n'en subsiste que la trace.

— J'aime pas les pédales ! lâche alors Clovis d'un ton sec.

— Moi non plus, dit Césaria, puisque je t'aime, toi.

— Tu m'aimes ?

Le rire de Clovis éclate. Un rire étrange, cruel, qui sonne faux et qui meurt en très peu de temps en laissant un goût dégueulasse dans sa bouche. Il en reste hébété.

— C'est n'importe quoi ! souffle-t-il.

— Si je ne t'aime pas, qui t'aimera ? dit Césaria. Tu es tout seul. Toi non plus, tu n'as pas le choix.

— Mais, putain, j'en ai rien à foutre, de ton amour ! explose Clovis.

— Je te sucerai, alors, dit Césaria. Je ne ferai

que ça. Dès que tu en auras envie, tu n'auras qu'à faire signe. Je serai là. Je serai prête.

Sa voix demeure calme, égale, presque envoûtante ; et derrière, qui la porte, il y a cette foi en acier trempé que rien ne saurait tordre.

— Toi non plus, tu ne me connais pas… ajoute-t-elle au bout d'un moment.

— Oh ! que si, je te connais ! réplique Clovis. Tu es une pute, Césaria ! Une pute. Un… un putain de travelo ! Rien d'autre. Et moi…

(Il a dit son nom. Il s'en souvient. La poitrine de Césaria se gonfle.)

— Toi ?

Clovis s'est tu. Souffle court, oppressé. Les muscles de ses maxillaires ressortent sous sa peau comme des tranchants de silex.

— Ouvre la boîte à gants ! fait-il soudain.

Césaria hésite, une seconde, puis obéit. Le revolver apparaît sous ses yeux. Il n'y a que ça. Sur un fond noir, la patine du métal luisant sous la petite ampoule. Quelque chose qui dort et qu'il ne faut pas réveiller.

— Prends-le ! dit Clovis.

Césaria s'empare de l'arme, la crosse entre deux doigts, le canon qui pendouille dans le vide.

— Pas comme ça ! s'énerve Clovis. Tiens-le bien. Comme un homme ! Serre-le dans ta main… Voilà… Et maintenant, pointe-le sur moi !

Césaria le regarde, l'œil fixe, le corps raide.

— Allez ! fait Clovis.

Et comme elle ne s'exécute toujours pas, il la saisit au poignet et ramène son bras vers lui jusqu'à ce que la gueule du flingue vienne s'enfoncer dans sa poitrine.

— Il est chargé, fait-il dans un souffle. Si tu tires, là, maintenant, mon cœur explose.

Elle tente de se dégager mais il la maintient. Sa poigne est un étau. C'est la première fois qu'il touche sa peau.

— Jure-moi que si un jour je te le demande, tu le feras, dit Clovis. Jure que tu appuieras.

— Non.

— Tu le feras. Sans hésiter. Jure-le.

— Tu ne me demanderas jamais ça.

— Jure !

— Tu seras heureux. Je te rendrai heureux. Tu n'auras qu'une seule envie, c'est de vivre.

Ils sont presque face à face. Sa figure à lui ruisselle de sueur, des gouttes épaisses sur son front, sur ses tempes et le long de son cou. Césaria croit un instant qu'elle a gagné.

— Si vraiment tu m'aimes, murmure alors Clovis, jure !

Ses doigts s'enfoncent dans la chair de Césaria.

Celle-ci ferme les yeux. Elle prend une large et longue inspiration. Ses narines se pincent. Elle déglutit. Sa pomme d'Adam remonte. Clovis croit entendre le glissement de la salive le long de la trachée. Le silence bourdonne comme une grosse mouche gavée de sang. Elle rouvre les yeux, puis la bouche.

— Va te faire foutre, mon amour… dit-elle.

Un véhicule a surgi derrière eux. Le faisceau de ses phares les enveloppe un court instant et le revolver lui renvoie un pâle éclat d'argent sale.

Clovis relâche son étreinte — les marques blanches mettront longtemps à disparaître. Césaria se dégage en douceur. L'arme tombe et glisse sans bruit sous le siège.

La voiture les dépasse, au ralenti, puis s'arrête une cinquantaine de mètres plus loin, juste devant les chiottes. Un type en descend. Il jette un regard dans leur direction, puis s'engouffre à l'intérieur du carré de béton. Il a laissé son moteur et ses phares allumés. Il ressort une minute plus tard, reprend sa place au volant et redémarre.

L'aire est de nouveau déserte. Au loin, sur la droite, une rangée de hauts peupliers dont les plus hautes feuilles s'agitent et bruissent. Plus près, un semblant de pelouse, du gazon terne, un toboggan, une balançoire dont le siège est un immense pneu de camion usagé. Là-haut, la lune aux trois quarts pleine, et quelque part, ailleurs, en cette seconde précise, le soleil brille. Quelque part un enfant naît, un enfant meurt, une femme pleure devant sa coiffeuse, un clown se grime, un enfant rit, une maman meurt, un homme se coupe une oreille et un père, drôle de père, qui lâche sa dernière bouteille et s'absente, s'allonge sur le trottoir sous le soleil de midi qui brille quelque part, ailleurs, loin d'ici… et Césaria s'en fout.

Eux. Rien qu'eux. Elle et lui. Lui et lui. Qu'importe. Deux êtres. Le loup et l'ange. Ensemble ? Qui est l'ange ?… Césaria pense à ces mots tant de fois lus, sublimes, ce chant divin d'amour divin : *Oh ! que n'es-tu mon frère, allaité des mamelles de ma mère ! Je te rencontrerais dehors, je t'embrasserais, et l'on ne me mépriserait pas.*

C'est vrai qu'elle a un peu peur. Elle voudrait les dire tout haut, ces mots, pour conjurer, mais elle ne peut pas ; et le long de son nez la trace cendrée de son unique larme semble se raviver.

Clovis ne pense à rien. Une grande et souveraine fatigue s'est emparée de lui, de celle qui crucifie les mômes, au soir, au beau milieu d'une histoire. Il s'est renfoncé sur son siège. Sa tête penche et glisse lentement sur le côté. Sa tempe touche la vitre. À son tour, il ferme les yeux.

8

C'est un grondement sourd et persistant qui le tire du sommeil, et la vibration de la vitre contre son crâne.

Il ouvre un œil. Une énorme orange lui sourit — deux mètres de tour de taille — *Sol de Valencia* il est écrit en dessous. Le poids lourd est garé à vingt pas sur la gauche. Un type est debout devant la portière ouverte, côté passager, les mains sur les hanches comme un nain de jardin sans son bonnet. Il s'adresse au chauffeur, invisible à l'intérieur de sa cabine.

Celui-là coupe enfin son moteur ; il y a un grand « pssschiiit ! », comme un Coca cent litres qu'on décapsule, et les vitres de la Jaguar cessent de trembler. Le ciel est déjà d'un bleu très clair, sans histoires, près de neuf heures indique la pendule. Clovis se redresse. Il bande. Il se tourne vers Césaria mais Césaria n'est plus là. Césaria s'est tirée. Son siège est vide. Clovis émerge en plein.

Synapses, neurones qui se percutent et c'est la microscopique explosion de cellules dans son cerveau. Il se souvient. Il courbe l'échine et sa main cherche à tâtons sous son propre siège. Rien. Le flingue aussi a disparu. Clovis frappe du poing au centre du volant.

Le chauffeur est maintenant sorti de sa cabine. Il se tient debout sur le marchepied. Il bâille, s'étire, il a les traits défaits et les yeux bouffis. Il saute sur le macadam pour rejoindre son collègue. Deux Espingouins crevés qui palabrent.

Clovis les regarde sans les voir. C'est bien fait pour sa gueule. Il sait pourtant qu'il ne faut jamais se fier à une gonzesse. Encore moins à une pute. Encore moins à un pédé. Et les trois à la fois, alors !...

Il arrête de gamberger parce que quelque chose le frappe, quelque chose qui vient de changer dans l'attitude des deux routiers. L'un qui fait un petit signe à l'autre, et l'autre qui se retourne. Clovis suit leur regard.

Sa jupe est comme un quartier d'orange découpé dans la tôle du camion ; acidulée, de la même explosive couleur. Césaria a quitté les lavabos et revient vers la Jaguar en s'égouttant les mains. Elle a l'air de chasser avec grâce des petits poussins toujours dans ses pattes. Clovis sent une bouffée de soulagement l'envahir, et presque aussitôt une bouffée de rage. Les deux matamores se poussent du coude. Le plus gros a une dent cassée en plein centre de son sourire narquois. Ils ne lâchent pas Césaria des yeux et ceux de Clovis vont d'elle à eux, d'eux à elle, sans arrêt... Il est encore temps de partir ! La planter là ! Un tour de clé, un coup d'accélérateur et adios ! Elle n'aura qu'à se taper ces deux connards pour rentrer !

Oui, mais le flingue, le flingue…

C'est la seule excuse qu'il se trouve.

Césaria l'a vu et lui sourit à travers le pare-brise. Il ne répond pas. Elle ouvre la portière et s'assoit.

— Bonjour, fait-elle.

Clovis jette un œil en direction des types. Le gros s'esclaffe.

— Désolée, dit Césaria, je voulais te rapporter des croissants, mais j'ai pas trouvé de boulangerie ouverte dans…

— Où il est ? coupe Clovis.

Ses lèvres se sont à peine décollées. Il ne la regarde pas.

— Comment ? fait Césaria.

— Le flingue ! Où il est ?

— À sa place, dit Césaria. Dans la boîte à gants. Où veux-tu qu'il soit ?

Clovis esquisse un geste, pour vérifier, mais finalement s'abstient.

Le plus pénible, c'est de ne pas savoir ce qu'ils se racontent. Ils reluquent la Jaguar et le premier, goguenard, a l'air de lâcher des vannes qui font pouffer le gros — alors sa face tannée devient rouge.

— Tout est à sa place… ajoute Césaria de sa voix douce.

Elle allonge le bras et pose sa main encore humide sur la bosse du pantalon de Clovis. À travers le tissu, elle sent le sexe dur tressaillir sous ses doigts.

— On peut y aller, si tu veux.

Clovis soupire. C'est proche de la douleur. Au

bout de quelques secondes il démarre et la voiture passe lentement sous le nez des deux Espagnols hilares — Olé ! —, Clovis les foudroie mais ça n'a pas l'air de les impressionner. Quant à Césaria, impossible de savoir si elle a eu vent de leur existence.

*

Elle est fraîche et claire, sa peau sans un faux pli, c'est incroyable. On dirait qu'elle a dormi ses douze heures par nuit toute sa vie dans un lit à baldaquin rose.

Tout en conduisant, Clovis l'observe du coin de l'œil. Il n'arrive pas encore à piger, pas vraiment. Elle, elle fixe la route de ses yeux pleins de lumière, ses cils se baissent rarement. Elle s'est remaquillée. Il n'y a plus trace de rimmel sur l'aile de son nez. En plus, elle sent bon. Elle n'a pas retiré sa main.

Ils parcourent les premiers kilomètres dans le silence, puis Césaria ouvre la bouche :

— Tu ne m'as même pas encore dit ton nom, fait-elle.

— Clovis, il répond tout bas.

— Clovis… Clovis…

Elle le répète, plusieurs fois, comme si elle remontait le fil ténu de sa mémoire.

— C'est joli, dit-elle. Y avait pas un roi qui s'appelait comme ça ?

Clovis soupire, bref, amer. Roi des Francs. Des « nouveaux » Francs. Ça amusait la galerie…

— Si, fait-il. Il est mort. Il y a très longtemps.

Elle semble satisfaite.

— Alors je suis une reine ! lance-t-elle avec un petit rire.

Ses boucles d'oreilles se balancent. Elle accentue un peu la pression de ses doigts sur le sexe de Clovis.

— Et la reine a faim !

Trente bornes plus loin, Clovis se gare sur le parking d'une station-service.

— Attends-moi là, dit-il.

Leurs yeux se croisent et c'est lui, le premier, qui détourne les siens.

— À tout de suite, souffle Césaria.

Il sort et se dirige vers la « boutique » de la station. Arche ultra-moderne comme il en pousse de plus en plus sur les terres fertiles des bordures d'autoroutes. Une aire nouvelle, jalon d'une autre civilisation, tout en verre et alu coloré, où l'on va droit à l'essentiel — boire, manger, déféquer, téléphoner, tapoter, faxer, et en fouinant bien on peut même y trouver quelques pots de miel du terroir et des livres pornos sous emballage. Depuis l'*Enterprise* on n'a jamais fait mieux. À la pleine saison, ça grouille d'humains asphyxiés qui viennent y puiser leur ration d'air conditionné, mais ce matin-là Clovis est quasiment le seul Terrien.

Il file tout droit vers les toilettes, traversant la salle des machines à boissons où une employée uniforme finit de passer la serpillière entre des tables ovoïdales sans pieds. Après avoir soulagé sa vessie, il se penche au-dessus du lavabo et s'asperge le visage. Une fois, deux fois, trois fois. L'eau est tiède. Il souffle fort. Son reflet dégouline dans la glace. Son reflet a une sale gueule et un regard mauvais qu'il préfère ne plus voir. Il se sèche les mains et ressort.

Quelques minutes plus tard, il est de retour à la Jaguar. Il porte des paquets de biscuits et deux gobelets en plastique. Il en tend un à Césaria. Celle-ci jette un œil sur le liquide, puis sourit.

— Comment sais-tu que je préfère le thé ?

— J'en sais rien, grogne Clovis. J'ai pris au hasard.

— Tu crois ?... fait Césaria.

Clovis souffle sur son gobelet sans répondre. Césaria éventre un paquet de madeleines et s'en fourre une entière dans la bouche. Puis une autre, et encore une.

— Tu ne manges pas ? fait-elle après la troisième. C'est notre premier petit déjeuner ensemble, pourtant.

— Arrête, fait Clovis d'une voix lasse. Arrête ça...

Césaria cesse de mastiquer.

— Tu cherches quoi ? fait Clovis. À te persuader qu'on était faits l'un pour l'autre, toi et moi ? Que tu m'attendais, que je t'attendais, sans le savoir ? Et maintenant qu'on s'est trouvés, ça va être la grande et belle histoire d'amour ? On ne se quittera plus, on se mariera, on aura plein d'enfants...

— T'en veux ? dit Césaria. Je t'en donne ! J'suis capable !

— Je ne veux rien, fait Clovis. Quel âge as-tu ?

— Vingt-six ans.

— Vingt-six ans...

La voix de Clovis se perd dans ce gouffre.

— Qu'est-ce que ça change ? fait Césaria.

D'un geste machinal, Clovis fait tourner son café dans le gobelet, comme un fond de cognac. Il en boit une gorgée. Il dit :

— J'en avais huit de plus que toi quand on m'a foutu en taule. J'y suis resté dix ans. Il y a à peine deux jours que je suis dehors, peut-être trois, je ne sais plus…

— Tu vois : je t'attendais !

— Alors tu as perdu ton temps !

Césaria inspire, expire, sans bruit — patience. Elle se rapproche, approche doucement sa main, caresse du bout des doigts quelques cheveux grisonnants au-dessus de sa tempe. Clovis se laisse faire.

— Qu'est-ce qui te fait peur comme ça ? demande-t-elle.

Un pâle sourire obscurcit la face de Clovis. Un petit ricanement dérisoire.

— Peur ? fait-il.

— Peur, dit Césaria.

— Ma mère est morte pendant que j'étais là-bas, derrière les barreaux. Je ne l'ai jamais revue. Peur de quoi ? Qu'est-ce que tu veux qu'il m'arrive ?

— L'amour… murmure Césaria.

— Putain… soupire Clovis.

— Je serai ta reine, tu seras mon roi. Si tu veux des enfants, on en aura. Des petits princes, des princesses…

— Arrête ! répète Clovis. Tu ne m'as même pas demandé ce que j'ai fait. Pourquoi j'ai plongé.

Pourquoi j'ai passé dix années de ma vie enfermé dans une cellule de deux mètres sur trois !

— C'est le passé.

— C'est tout ce que j'ai.

Césaria se redresse violemment.

— Non ! crie-t-elle. Maintenant tu m'as, moi ! C'est toi qui cherches à te persuader ! C'est toi qui voudrais que tout soit fini, foutu, perdu ! Que plus rien ne compte ! C'était plus facile, comme ça !… Car tu étais dans le noir complet, car tu étais dans les ténèbres et tu n'avais qu'à te laisser glisser, plonger, t'enfoncer toujours un peu plus, de plus en plus profond ! Et maintenant tu as peur parce qu'il y a cette petite lumière qui a jailli, cette petite flamme au cœur des ténèbres, c'est ton guide et tu fermes les yeux pour ne pas le voir ! C'est ton unique salut et tu préfères rester aveugle !… Oh ! mon Dieu ! mon Dieu, je vous en supplie ! laissez-le venir à moi !

Le gobelet craque et s'écrase dans le poing crispé de Césaria. Elle sursaute, retient un cri puis considère, hébétée, le liquide ambré dégoulinant le long de ses jambes.

Son expression ne change pas lorsqu'elle tourne de nouveau son visage vers Clovis. C'est un mélange de stupeur, d'incompréhension et de frayeur — indicible frayeur dans l'éclat pourpre de sa pupille. Et Clovis sent encore le frisson sur sa peau, le long frisson qui l'a parcouru quelques instants plus tôt quand le regard de Césaria le traversait de part en part et s'en allait frapper bien au-delà de lui, bien au-delà. Dieu sait peut-être où.

*

— La première fois que j'ai rencontré Charles, c'était dans l'arrière-salle d'un bistro, rue des Flandres. "Le Beau-Sergent", ça s'appelait. Je crois que le proprio était un ancien militaire qui avait pris cette petite affaire après sa retraite. De onze heures du soir à six heures du matin, ça se transformait en tripot. Un truc plutôt tranquille. Il y avait quelques tables, des habitués surtout, tout le monde connaissait à peu près tout le monde. Moi, j'y étais déjà venu deux ou trois fois. À l'époque je me débrouillais comme ça : un peu le poker, un peu les paris, et des petits coups par-ci, par-là. Rien de bien méchant.

« J'avais encore jamais vu Charles au Beau-Sergent. Un soir, je me suis pointé et il était là. On s'est retrouvés à la même table. J'avais l'air d'être le seul à pas le connaître. Il devait pas avoir quarante balais mais on l'appelait déjà "le vieux". Je l'ai toujours entendu appeler "le vieux" ; je sais pas pourquoi. Peut-être à cause de son allure, de ses costards toujours impeccables, ça en imposait. Peut-être aussi parce qu'il avait l'air d'en savoir beaucoup plus que les autres. "Le vieux", c'était comme une forme de respect ; on n'y touche pas.

« Pour moi, c'était carrément la grande classe, Charles. Il m'a plumé, ce soir-là ; moi et tous ceux qu'étaient à notre table. Il nous a mis minables. Au matin, on lui devait tous un bon paquet. Il arrêtait pas de sourire, gentil, l'air de dire qu'on avait encore beaucoup à apprendre. Pourtant, y en avait qui étaient beaucoup plus âgés que lui, mais même ceux-là il les regardait un peu comme des mômes. Il nous avait tous refaits, le vieux, et moi j'avais plus un centime en poche.

« Et puis, juste avant de partir, il est venu vers moi. "Tu sais conduire ?" il m'a demandé. J'ai dit oui. "On a besoin d'un chauffeur, il a dit. Si ça t'intéresse, sois là demain matin à neuf heures." Il a sorti quelques billets de sa poche et il me les a mis dans la main avant que j'aie pu dire un mot. Il a enfilé ses gants et il s'est tiré. La grande classe.

« Je ne sais pas pourquoi il m'avait choisi, moi. J'avais dû lui faire bonne impression. En tout cas, c'est comme ça que tout a commencé. À partir de là, il s'est plus passé une seule journée de ma vie sans Charles, pendant près de quinze ans. Et il y avait les deux autres, aussi : Larosa et Savatini. On faisait une belle équipe, tous les quatre. Une sacrée équipe. On a dû braquer à peu près tout ce qu'il est possible de braquer dans ce pays. Des petits coups peinards, et d'autres, beaucoup plus importants. Tout nous réussissait. Et jamais d'embrouilles entre nous. On partageait, à parts égales, y en avait largement assez. C'était la belle vie. Le pognon, les femmes, les bagnoles et tout ce qu'on voulait. Pour le boulot, c'était du sérieux, mais à côté de ça on se marrait bien. Et puis, avec Charles, on avait l'impression qu'y pourrait jamais rien nous arriver de mauvais. Jamais.

« C'était moi le plus jeune des quatre, le petit dernier de la famille. Jusqu'au jour où Charles s'est ramené avec un autre gars : le nouveau chauffeur… En fait, il n'y a jamais eu de chauffeur attitré, c'était tantôt l'un, tantôt l'autre, selon les besoins ; mais c'est comme ça que le vieux nous l'a présenté, tout comme il m'avait présenté, moi, quelques années plus tôt. Et Charles a décrété qu'on serait pas trop de cinq pour les futures affaires qu'il avait en tête.

« Le gars s'appelait William. Il avait quatre ou cinq ans de moins que moi. Je dois dire que je l'ai jamais vraiment "senti", ce type-là, dès le départ. Il m'inspirait pas. Peut-être que j'étais un peu jaloux, c'est vrai, par rapport à Charles. N'empêche que j'étais pas le seul : Savatini et Larosa avaient du mal à l'accepter, eux aussi. Mais puisque le vieux avait l'air d'y tenir… Il devait savoir ce qu'il faisait. Et nous, on lui faisait confiance.

« D'ailleurs, le premier coup avec le nouveau s'est très bien passé. Le deuxième aussi. On avait pris l'habitude de mettre des masques, à chaque fois, des trucs de gosses, Mickey, Donald et compagnie. Une idée de Charles, bien sûr ; ça lui plaisait bien. « C'est au troisième coup que tout a foiré. Une grosse affaire ; une succursale du Crédit lyonnais dans la banlieue de Saint-Étienne. Il y avait eu un match de foot important la veille, et toute la recette devait transiter par là. En plus des fonds ordinaires, ça faisait un sacré paquet de fric. Le vieux avait eu le tuyau. Le plan était bon, on l'avait bien préparé, il ne devait y avoir aucun problème. Le minimum de risques pour le maximum de pognon.

« Et c'est vrai qu'au début tout s'est déroulé comme prévu. On est entrés dans la banque, on les a braqués, et personne n'a essayé de résister. En dix minutes nos sacs étaient remplis. Comme sur des roulettes… Le problème, ç'a été après, à la sortie. C'est là que les flics nous attendaient. Au moins une dizaine de bagnoles en travers de la rue ; tous les types avaient leur flingue à la main. Pendant quelques secondes, on s'est regardés, eux et nous ; ç'avait pas l'air vrai, tout ça. Personne ne bougeait. Il y avait comme une espèce de silence, bizarre. Le calme avant la tempête.

« Le vieux nous a fait un signe, mais c'était trop tard. Larosa a perdu les pédales, il s'est mis à arroser. Les flics ont répliqué. Un des leurs est tombé. C'était fou, ça crachait de tous les côtés, avec de la fumée partout. Savatini s'est fait descendre. Puis ç'a été le tour de Larosa. Il était juste devant moi. Sa tête a touché mon pied quand il s'est écroulé…

« Charles aussi avait morflé. Une balle dans le ventre. Il pissait le sang. Tous les deux, on a quand même réussi à se replier à l'intérieur de la banque. Là, on a pris les employés en otage. C'est comme ça qu'on a pu s'en sortir. On a exigé une voiture sous peine de buter tout le monde. Les flics nous l'ont procurée. Ils devaient penser qu'y avait eu assez de macchabées comme ça. Et sans doute qu'ils comptaient nous filer et nous serrer un peu plus tard, en douceur. On s'est tirés en emmenant une des employées avec nous. C'est elle qui conduisait. Charles était allongé sur la banquette, derrière, et moi à côté de lui. Il y avait du sang partout sur son costard blanc. J'ai cru qu'il allait crever là, dans cette bagnole.

« Finalement, on a largué la bonne femme en cours de route. J'ai conduit le vieux chez un toubib, un type sûr. Je l'ai laissé entre ses mains. Je savais pas si j'allais le revoir ou non.

« Moi, j'avais gardé le fric. Je suis allé le mettre à l'abri, et puis j'ai filé direct chez ma mère. J'étais secoué. Ç'a été un réflexe. Il y avait toujours ma chambre là-bas, de temps en temps j'allais y passer une nuit ou deux. Ça lui faisait plaisir et à moi aussi. Mais là, c'était une connerie de ma part, j'aurais pas dû.

« Les flics m'ont cueilli comme une fleur, le lendemain. Je dormais encore quand ils ont envahi l'appartement, j'ai rien pu faire. Ils étaient une bonne vingtaine, avec les flingues, les mitraillettes et tout le tremblement. Il y avait même une de ces enflures qui tenait ma mère en joue, son arme pointée vers elle, à cinquante centimètres ! Pendant un moment j'ai pensé qu'ils allaient la tuer, là, sous mes yeux, pour venger leur collègue. Je me suis foutu à chialer, d'un seul coup. Je pouvais plus m'arrêter. J'avais peur, j'avais honte. Elle, elle disait rien, elle bougeait pas, elle me regardait, simplement, comme si elle cherchait à comprendre. Elle me quittait pas des yeux. Ils m'ont mis les menottes devant elle. Ils m'ont embarqué, je chialais toujours…

Clovis baisse les yeux. Les chiffres sont flous : des signes blancs sans aucun sens, qui dansent sur la plaque noire de la voiture de devant — une

Volvo grise mais ça pourrait être n'importe quoi, même un éléphant d'Asie.

Il a quitté l'autoroute pour la nationale. Pour aller moins vite, sans doute, avoir le temps de tout dire d'un seul coup. Il n'est pas sûr qu'il puisse y revenir.

— Et ton père ? demande Césaria.

— Mon père ?... Il est mort quand j'avais une dizaine d'années. Je me souviens d'un homme qui parlait pas très bien le français. Il avait un drôle d'accent. Ma mère et moi, on était pratiquement les seuls à le comprendre... Il faisait le maçon, le peintre, n'importe quoi, tout ce qu'il trouvait. Il avait toujours les cheveux gris, et les sourcils, à cause du plâtre et de la poussière sur les chantiers ; ça partait pas. Lui aussi, il avait l'air beaucoup plus vieux qu'il ne l'était en réalité. Je le voyais pas souvent. Il partait tôt le matin et il rentrait tard le soir... Et un soir, justement, un gars qui travaillait avec lui et qui le connaissait un peu est venu nous prévenir qu'il rentrerait pas. Qu'il rentrerait plus. Il était tombé d'un échafaudage et il s'était fracassé le crâne trente mètres plus bas... C'est la seule fois de ma vie où j'ai vu ma mère pleurer. Je lui en ai même voulu, à mon père, à cause de la peine qu'il lui faisait. J'avais pas dix ans, mais je me rappelle que je m'étais dit que je ferais jamais ça. Que j'aurais jamais les cheveux blancs de poussière, que je foutrais jamais les pieds sur un chantier, sur un putain d'échafaudage, tout ça pour ramener un salaire de misère. Et je m'étais dit aussi que je mourrais jamais. Que je ferais jamais de la peine comme ça à Maman.

Césaria écoute, attentive, seulement un mot par-ci, par-là, pour demander une précision, pour affiner. C'est important. La vie de mon amour, elle se dit. L'amour de ma vie. Mon amour, ma vie, ma vie, mon amour. Elle sent que ça lui fait du bien, à son amour, comme sa main qui a repris sa place sur son sexe au repos. Il croit encore que c'est tout ce qu'il a à lui offrir. Son passé. Le passé de son amour. C'est peut-être ce qu'il croit. Sa voix n'est pas plus épaisse que le fil de l'horizon. Une Volvo grise qui ne dépasse pas le soixante à l'heure. Il ne faut rien brusquer. Elle est là, elle. Elle écoute, elle s'imprègne, elle comprend. La vie, le passé de son amour. Il lui en fait don, c'est déjà ça. C'est déjà beaucoup, énorme. Ne rien laisser perdre, comme chaque précieuse goutte de son sperme.

Plus ils montent vers le nord et plus le vent est fort. Les arbres se couchent sur les bas-côtés. Crèches-sur-Saône. C'est un drôle de nom. Il y a une voie ferrée, un passage à niveau, des maisons et la route au milieu. C'est aussi la première fois qu'elle quitte la ville où elle est née. Son amour la fait voyager. Elle voit du pays, des maisons qu'elle n'aurait jamais vues, une voie ferrée qu'elle n'aurait jamais traversée. C'est déjà immense. Son amour la fait voyager au mince fil d'horizon de sa voix.

— Fallait pas être sorcier pour comprendre, reprend Clovis. Quelqu'un nous avait balancés. Quelqu'un nous avait donnés aux flics. Il n'y avait que nous cinq à être au courant pour ce coup-là, à savoir exactement quand et comment ça devait se faire. Nous cinq, personne d'autre… Or, Larosa était mort, Savatini était mort et Charles avait de bonnes chances d'y passer aussi. Quant à moi, les flics venaient précisément de me crever. On a vite fait le compte, dans ces conditions. Il n'en restait qu'un : Dingo.

— Dingo ?

— William… Ce jour-là, c'était effectivement lui qui faisait le chauffeur. Il devait nous attendre dans la voiture, devant la banque, faire le guet au cas où. Mais quand on est sortis, tous les quatre, il était plus là. Envolé, le William. Il y avait les bagnoles des flics, à la place…

Le soleil cogne sur le capot de la Jaguar. Césaria plisse les yeux, secoue la tête.

— Non, dit-elle, ça ne tient pas debout. Pourquoi ? Pourquoi il aurait fait ça ?

— Moi non plus, je ne voulais pas y croire, dit Clovis. Pendant des semaines entières j'ai repassé tout ça dans ma tête. J'ai envisagé toutes les hypothèses, toutes les possibilités. Et j'en étais presque arrivé à me persuader que c'était le hasard, simplement le hasard. Tant qu'il restait un doute… Mais c'est Charles lui-même qui a balayé tous les doutes.

« Il s'en est sorti, le vieux. Après plusieurs mois, il s'est remis sur pied. Lui aussi, il avait eu le temps de se poser des questions, les mêmes que moi. Alors il a mené sa petite enquête, de son côté, et, au bout de quelque temps, il a appris la vérité : c'était bien cette petite ordure de William qui nous avait balancés !… Pourquoi ? Pour pas grand-chose. Une histoire qui n'avait rien à voir avec nous ; ça s'était passé avant même que Charles fasse sa connaissance et qu'il lui fasse intégrer l'équipe. William avait trempé dans une affaire de drogue, à l'époque. Il devait faire l'intermédiaire ou un truc de ce genre. Les flics ont fini par remonter jusqu'à lui. Ils l'ont serré. Qu'est-ce qu'il risquait de prendre pour cette affaire ? Deux ans ? Trois ans, maximum ? Mais les flics ont dû lui bourrer le mou. Ce petit con a eu la trouille. Pour s'en tirer, il a commencé à jouer les indics. C'était ça, le marché : tant que tu nous donnes assez à becqueter ailleurs, nous on ferme les yeux sur toi. Et pendant un moment, ça a fonctionné comme ça. William jouait sur les deux tableaux. D'un côté il balançait tout ce qu'il savait sur les collègues, de l'autre il se goinfrait avec nous. Gagnant sur tous les plans ; aucun scrupule, ce salaud. Tant que ça marche, il continue. Jusqu'au jour où il n'a plus rien eu à dire sur les autres. C'est un engrenage. Les flics en veulent toujours plus. À la fin, il leur a donné tout ce qu'il pouvait encore donner, c'est-à-dire : nous.

« Nous »... Le mot tombe dans le cerveau de Césaria comme une goutte d'eau sous la voûte d'une grotte millénaire. La même résonance et le même silence qui suit.

« Nous », mon amour ? Nous ? Qui « nous » ?...

Elle ne tenait pas à savoir, maintenant elle sait. Clovis a l'air d'être penché au bord et de regarder encore vers le fond. Tout à l'heure, elle disait l'inverse : Clovis au fond des ténèbres refusant obstinément de lever les yeux vers cette trouée dans le ciel pas plus grosse qu'une pointe de diamant.

Était-ce vraiment l'inverse ?… C'est difficile, mon amour. « Nous », ce n'était pas nous, c'était avant nous. Le passé de mon amour, prisonnier au plus profond, dans les entrailles de la terre. Ressortir d'un côté ou de l'autre, grimper ou creuser. Tout faire exploser, peut-être ? Les ténèbres et le jour. Qu'il ne reste rien. Nous, vraiment nous, seulement nous. Recommencer ?…

— Ce revolver, c'est pour lui ? demande Césaria.

Elle connaît la réponse.

— C'est pour lui, dit Clovis.

— Et après ? dit Césaria.

Elle veut voyager encore. Rouler à ses côtés, des routes et des autoroutes, traverser des villages, des villes, des ponts, des voies ferrées à ses côtés, elle veut sentir encore son sexe gonfler sous ses doigts, elle veut connaître le goût de sa bouche dans sa bouche.

— Je t'ai prévenue, dit Clovis. Tu peux descendre, si tu veux. Il est encore temps.

— Ça ne te ferait rien ? dit Césaria.

Il se tourne vers elle. Elle connaît la réponse.

— Laisse tomber ! lance-t-elle alors en pointant brusquement un doigt sur lui. Abandonne ! Pardonne ! Oublie ! Tu oublieras. Toi aussi, tu peux encore descendre.

Clovis a un pâle sourire. C'est le premier qu'il lui offre. Un sourire las qui lui donne envie de pleurer. C'est déjà fou, merveilleux, incommensurable. Mon amour est beau, elle se dit. Mon amour est beau même quand il est triste.

— C'est drôle, fait Clovis, le vieux m'a dit exactement la même chose. Pardonner, oublier… Mais c'est lui qui aurait dû s'en charger !

— Quoi ? fait Césaria.

— Charles. C'est lui-même qui aurait dû buter William. Depuis longtemps. Il avait retrouvé sa trace. Je suis même quasiment certain qu'il l'a revu, qu'il lui a parlé. Pendant longtemps j'ai cru qu'il allait lui faire la peau. C'était ce qu'il me laissait entendre. Mais à chaque fois il repoussait. “Trop risqué pour le moment”… Paraît-il que l'autre était sous surveillance, une protection que les flics lui assuraient ; ils lui devaient bien ça. Ou alors, c'était qu'il avait reperdu sa trace. William bougeait souvent. Il se planquait. Le vieux mettait de nouveau des semaines, des mois à le localiser. C'était ce qu'il disait, en tout cas. Et plus ça allait, moins il avait l'air chaud pour le descendre. Il éludait la question. Et puis il a fini par ne plus en parler du tout. J'ai compris qu'il le ferait jamais. J'ai compris que ce serait à moi de le faire. C'est pour ça que j'ai tenu, uniquement pour ça. Dix ans. Dans une cellule de centrale. Une demi-heure de promenade par jour. On te donne à boire, à manger. Tu attends. Tu penses. C'est tout ce que tu peux faire. Dix ans. Je ne pensais qu'à ça. William Faber. William Faber, que fais-tu en ce moment ? Tu ris ? Tu danses ? Tu marches dans la rue ? Tu conduis ta voiture ? Tu vas à la pêche ? Il fait beau, aujourd'hui, je devine le soleil de l'autre côté du mur, peut-être que tu fais la sieste allongé sur ta terrasse ? Peut-être que tu fais l'amour ? Tu peux faire tout ce que tu veux, William Faber. Tu es libre. Ris, danse, bourre-toi la gueule de femmes et de vin. J'attendrai. Dix ans, quinze ans, vingt ans. J'attendrai !

La Volvo grise a tourné. C'est une fourgonnette blanche qui a pris sa place. Qu'est-ce que ça change ?

— Qu'est-ce que ça changera ? dit Césaria.

— Il sera mort ! dit Clovis. Comme Savatini et Larosa. Comme Charles. Comme ma mère. Comme moi…

Césaria retire doucement sa main. Elle la pose sur sa propre cuisse. Sa peau est tiède, chauffée par le soleil qui frappe à travers le pare-brise. Elle prend une paire de lunettes noires à l'intérieur de son sac, pour reposer ses yeux. Dehors, le vent par fortes bourrasques. Les arbres se couchent, les vieux sur les trottoirs se plient en deux. Mais dans la Jaguar rien ne bouge, rien d'apparent. Elle n'a pas eu le temps de lire le nom inscrit sur le panneau blanc au bord de la route. Clovis fixe l'arrière de la camionnette. Peut-être. Elle voudrait sentir le vent sur sa figure. Sentir le vent.

— C'est encore loin ? demande Césaria.

— On y est, répond Clovis.

9

La rue Georges-Clemenceau est une artère banale, située non loin du centre-ville. Toute droite, assez longue, assez large, il y a des voitures garées de chaque côté, le long des trottoirs, et des horodateurs en service tous les trente pas. Ça circule pas mal, dans les deux sens. On se gare là le temps d'une course, un ticket, une petite demi-heure et on repart. Un autre prend la place.

Après trois ou quatre allers-retours dans la rue, Clovis a fini par en trouver une. C'est exactement ce qu'il espérait : le 27 est un peu plus haut, pas trop loin, pas trop près. L'emplacement idéal pour surveiller.

Le 27 est un immeuble banal dans une enfilade d'immeubles banals. Façade beige, plutôt étroite, quatre étages. Le pas de porte est occupé par une boutique de spécialités vietnamiennes. Enseigne jaune, *Thai-Viet*, un dragon à chaque extrémité. Plats à emporter.

— C'est l'adresse que le vieux m'a donnée, fait Clovis. Il y a une chance sur deux pour que Faber s'y trouve encore.

— Une chance sur deux pour qu'il n'y soit plus, rectifie Césaria.

Clovis ne relève pas. Tous deux scrutent la façade du bâtiment, comme si leurs yeux étaient des lasers capables de percer la muraille. La tension est montée d'un cran. Chaque mot, chaque geste, chaque souffle emmitouflé dans sa gangue d'ouate. Chaque battement de leur cœur trouve écho jusque dans leurs tempes. L'imminence de la chose. Pendant des années c'était une idée, un projet, un but, une abstraction. À présent, Clovis peut toucher du doigt : le flingue est là, l'immeuble est là, William Faber est peut-être là... Dingo, bang ! bang ! deux trous dans ta sale peau de sale petite balance !... Il n'a qu'à tendre le bras et presser sur la détente.

— Comment comptes-tu t'y prendre ? demande Césaria. Tu vas attendre ici jusqu'à ce qu'il sorte ? En admettant qu'il sorte un jour.

Clovis réfléchit.

— J'ai besoin de toi, dit-il au bout d'un moment.

— Je sais, fait Césaria.

— J'ai besoin de toi pour vérifier, précise Clovis. Simplement ça. Tu jettes un œil sur les noms, en bas, à la porte d'entrée. Si tu vois le sien, essaye de repérer l'étage. Ensuite, tu reviens à la voiture. C'est tout ce que je te demande. Je pourrais le faire moi-même, mais je risquerais de tomber nez à nez avec lui. Je ne tiens pas à ce que ça se passe en pleine rue. Je veux le cueillir chez lui, sans témoin, seul à seul.

— Pourquoi je ferais ça ? dit Césaria. Pourquoi

j'accepterais alors que je ne te demande qu'une chose : laisser tomber !

Clovis a un bref soupir, ses paupières se ferment une demi-seconde.

— C'est lui ou moi, fait-il. Je ne lâcherai jamais le morceau, Césaria. Tant qu'il respire, j'étouffe. Tant que cette ordure vivra, rien ne sera possible !

« Césaria »... Comme il est doux, ce nom, dans la bouche de mon amour.

— Tu le crois assez idiot pour laisser son nom à l'interphone ? Son vrai nom ?

— J'espère, dit Clovis. Après tout ce temps, il doit se croire à l'abri. Peut-être même qu'il a oublié, lui. De toute façon, on n'a pas d'autre piste pour le moment.

— À quoi il ressemble ? Physiquement. Décris-le-moi.

— Il y a plus de dix ans que je ne l'ai pas vu, objecte Clovis.

— Ça fait rien, dis toujours. À moins que tu ne te rappelles même plus son visage ?

Elle sait qu'elle l'a piqué. Regard noir. Il récite d'un trait :

— Blond, yeux clairs, un mètre quatre-vingts, plutôt mince, à l'époque il portait une boucle à l'oreille gauche, en forme de balance.

— De balance ?

— Son signe astrologique...

Césaria se cale contre le dossier. Elle hésite, ou fait semblant.

— Si je fais ce que tu me demandes, dit-elle, ça fera de moi ta complice.

— Ça fera de toi ma reine ! lâche Clovis d'un seul coup.

Surprise, elle se retourne, sonde ses yeux pour voir s'il est sincère. Il semble presque aussi étonné qu'elle, mais son regard ne se dérobe pas.

Césaria sort de la Jaguar, sans un mot. Elle fait quelques pas, puis s'arrête et revient, comme si elle avait oublié quelque chose. Clovis baisse sa vitre.

— Quelle heure est-il ? demande Césaria en se penchant.

Clovis regarde sa montre.

— Midi dix, pourquoi ?

— Est-ce que tu te souviens s'il aimait la bouffe asiatique, ton William ?

Sans même attendre la réponse, elle repart, laissant Clovis avec une expression ahurie qui l'aurait portée à rire en d'autres circonstances.

*

Et soudain la rue Georges-Clemenceau n'est plus une artère banale. Ce jour-là, cette minute-là, tous ceux qui l'ont croisée ne pourront pas dire le contraire. Malgré le vent de face, elle marche sans se courber, le buste droit ; son pas lent et sûr, souple et félin. Et les hommes troublés, les hommes jaloux du vent qui se plaque contre elle, l'étreint, caresse sa peau, les hommes souffrant de son indifférence, de ses yeux cachés derrière les verres fumés mais qu'ils devinent passant sur eux sans les voir — juste une éclipse.

Son amour est derrière elle. C'est lui qui la

pousse. C'est pour lui qu'elle avance. C'est pour lui qu'elle bouge son cul et ses hanches, ondule, exclusivement pour lui, pour que son pouls s'accélère, pour que son sexe s'élève et bouille son sang, et bouille sa semence dont elle se promet de récolter toujours le fruit brûlant et de l'écraser entre sa langue et son palais.

Il la regarde, c'est sûr. Il a vu, tout à l'heure, lorsqu'elle s'est penchée, il a vu la naissance de ses seins. Il n'a pas pu s'en empêcher. Il voit son cul, maintenant, ses reins, ses cuisses en mouvement, ses mollets tendus. Il a la gorge sèche et du mal à avaler.

Ma reine… Ma reine ?… Est-ce que je débloque ?

Elle éclabousse la rue, Clemenceau, l'homme et le porte-avions, Clemenceau ou un autre, n'importe, tous les autres, tous ceux qui croisent, océans ou Mâcon, Saône-et-Loire, pareil, ses ondes s'étendent bien au-delà, sa jupe orange et son haut vert pomme que le vent agace aux frises, elle électrise, portant fièrement son diadème à moins que ce ne soit une auréole, quelque chose comme un anneau de Saturne à des années-lumière, ou encore la face cachée du Paradis ?

C'est un homme, bordel ! Un homme !… C'est absurde. Qu'est-ce qu'un homme ? Un mot et une bite — si petite soit-elle ?… Qu'y a-t-il sous sa jupe ? Je ne pourrai jamais la toucher. Le toucher. C'est absurde. J'ai connu des centaines d'hommes, dix ans sous le même toit, dans la même taule, dessous, dessus ; que ça, des hommes à profusion, à promiscuité, et je n'ai jamais pensé à ça, jamais eu envie de les toucher. Le seul qui ait essayé y a laissé trois doigts. C'est totalement absurde. Comment peut-on tomber amoureux d'un homme, un type avec un caraco vert pomme, comment peut-on tomber si bas ? Des centaines, j'en ai connu, et pas un qui m'ait dit « je t'aime ».

Elle traverse la rue, Clemenceau Georges, 1841-1929, président du Conseil et porte-avions de la Marine nationale, et désormais le nom de la rue qu'elle traversa, personne ne pourra plus l'ignorer. Elle disparaît derrière un autobus et pendant deux secondes le monde ressemble à un petit pois dans l'assiette d'un ogre — que dalle.

Où es-tu, ma reine, où es-tu ?

Non, je n'ai pas crié… Elle m'a dit « je t'aime ». Lui. C'est dingue. Est-ce que ce sont des choses qu'on se dit, d'homme à homme ? J'aurais pu lui briser trois doigts et toutes ses dents si blanches. J'aurais pu. Est-ce que je t'aime, moi ? Pourquoi moi, pourquoi ? Clovis, roi des pédés ! Clovis, roi des phoques ! Clovis est mort, vive Clovis ! C'est ce que tu voulais, salope…

Elle s'arrête au pied de l'immeuble, numéro 27. Lorsqu'elle sera partie, des orchidées pousseront sur le bitume, à l'endroit exact où sont plantés ses talons. Et des mantes religieuses.

Qu'est-ce que tu fous, ma reine ? Qu'est-ce que tu fous là, dis-moi ?

Clovis fasciné, asphyxié, agrippé à son volant, et pendant toutes ces secondes il ne sait plus.

*

Hamiche, Roland, Douillet : quatre étages, trois noms. Aucun William Faber, ainsi qu'elle l'avait pressenti.

Césaria recule d'un pas et lève le nez en l'air. La façade ne dit rien de plus. Pas de silhouette à l'affût derrière l'une des fenêtres ; pas la queue d'un fusil à pompe.

Elle remarque que ce n'est pas un interphone, en bas, juste les étiquettes avec les noms des locataires. Un petit bouton noir permet d'actionner l'ouverture de la porte d'entrée. Rentre qui veut, sans prévenir.

Elle pourrait s'en tenir là. Mission accomplie. Retourner à la Jaguar et dire : « Il n'y a pas de William Faber, mon amour. Pas ici. Ton Dingo s'est volatilisé, pffft ! dans la nature. Il nous faudrait retourner la planète pour le retrouver et nous avons beaucoup mieux à faire puisqu'on doit s'aimer sur la plage arrière et dans des champs de coquelicots. »

Son amour a confiance en elle.

Elle hésite à peine, le temps de jeter un œil vers le jeune Vietnamien qui l'observe en douce derrière son espèce de frigo à ciel ouvert.

Lorsqu'il la voit s'approcher, il se fend d'une imperceptible courbette et d'un sourire affable et mécanique à la fois. Ses yeux sont un peu plus bridés qu'au repos.

— Bonjour, madame, fait-il avec un accent prononcé.

Césaria lui rend son sourire et décide d'aller droit au but. Elle est de passage et souhaiterait rendre visite à un ami qu'elle n'a pas revu depuis longtemps. Elle n'est pas tout à fait certaine de l'adresse. Est-ce que par hasard il pourrait l'aider ?

Le gars l'écoute avec une expression d'extrême concentration. La barre de son sourire s'est effacée ; il ponctue chaque phrase de Césaria d'un signe affirmatif, encourageant. Oui, oui, oui. Le client est empereur.

Césaria en vient au portrait du bonhomme tel que Clovis lui-même le lui a dépeint. Elle se garde de mettre un nom dessus, au cas où il en aurait changé. Quand elle a terminé, le jeune Asiatique conserve le silence. Instant de réflexion, comme s'il tentait consciencieusement de rassembler tous les éléments afin d'en faire jaillir l'étincelle. Sa tête a cessé de se balancer. Dans son dos, un escadron de minuscules crevettes roses grésille sur une plaque chauffante. La fumée grise se mêle au nuage de vapeur s'échappant d'une énorme marmite en fonte. Toute la boutique baigne dans ce brouillard odorant d'où émerge bientôt, dans le fond, la frêle silhouette d'un cuistot vêtu de blanc. C'est ce dernier que le Vietnamien interpelle brusquement, lançant quelques mots aigus que Césaria ne comprend pas.

L'autre se retourne, essuie ses mains sur son tablier. Questions-réponses dans leur langue maternelle. Aux intonations, on dirait presque qu'ils se disputent. Césaria attend. Elle a l'espoir, mais elle n'est plus très sûre, en cet instant, de savoir lequel. Combler tous les désirs de son amour ? Tous ? Même celui de se venger ? Même celui de tuer ? Effacer, qu'on en finisse, et repartir de plus belle. Si c'est oui, cela risque de se passer ainsi. Au mieux. Au pire, elle n'imagine pas. Si c'est non, il lui faudra deux mille ans pour ronger les chaînes du boulet et libérer son amour pour que son amour s'envole. Au pire. Elle a de belles et bonnes dents. Au mieux, c'est la voie céleste toute tracée, rien que pour eux.

Les deux Viets continuent de s'envoyer des répliques de karatékas quand Césaria les interrompt. Un détail qui lui revient : la boucle d'oreille. Elle le leur dit, insiste en portant la main à sa propre oreille, bien qu'ils comprennent ce dont il s'agit.

La face du cuistot s'éclaire en premier.

— Bingo ! il fait.

— Bingo ! Bingo ! confirme l'autre en se tournant vers Césaria.

Visage de nouveau radieux, il hoche la tête à toute vitesse sans cesser de répéter le même mot. Puis il se penche et lève le bras vers la façade de l'immeuble. Trois de ses doigts se sont dressés.

— Là ! dit-il. Là-haut ! Trois ! Trois !

— Bingo ! fait le cuistot dans son dos.

— Bingo ! reprend l'autre. Très gentil ! Très rigolo.

Et tous les deux émettent deux petits rires simultanés.

Césaria sourit aussi. Elle se dit qu'ils sont bien aimables, serviables ces petits singes, mais qu'ils n'ont strictement rien pigé à ce qu'elle leur demandait !

Bingo ! Bingo !…

Et soudain elle réalise. Tout son corps prend

alors la même couleur et la même consistance que le nuage de vapeur.

Il lui faut quelques secondes pour se remettre. Après quoi, elle lève encore une fois les yeux vers les fenêtres du troisième étage, qu'elle considère différemment maintenant qu'elle sait.

Avant de partir, elle commande une demi-douzaine de nems que le Viet lui sert dans une barquette avec deux feuilles de menthe.

*

— C'est pas vrai ! murmure Clovis.

— Si, confirme Césaria. J'ai mis un moment avant de comprendre, à cause de leur accent. Ils prononçaient “Bingo”.

Clovis ne dit rien. Il récupère. Plus de reine, plus de roi, fini ces conneries ! La nouvelle l'a remis sur les rails. Depuis, il n'a plus quitté le 27 des yeux. Troisième étage. Deux fenêtres aux volets verts, ouverts. Rien qui bouge. Il est là, pourtant. Il le sent. Ce sera pour aujourd'hui.

— Très gentil, il paraît, reprend Césaria. Très rigolo. C'est ce qu'ils ont dit, en tout cas.

Mais Clovis n'a pas la moindre envie de se marrer. Dingo ! Dingo ! Dingo !... Ce salaud a osé ! C'est ainsi qu'il se fait appeler dans le quartier. Un outrage de plus. Comme s'il se foutait ouvertement de sa gueule. Dommage que Clovis n'ait plus son propre masque de Mickey, il aurait aimé s'en affubler pour lui trouer la peau !

La barquette de nems a atterri sur le tableau de bord. Intouchée. Césaria n'aime pas cette odeur lourde et ce lourd silence qui se mélangent. L'habitacle a l'air de rétrécir.

— Alors ? fait-elle au bout d'un moment. Toujours décidé ?

Elle n'aime pas non plus ce regard que Clovis lui jette, à moitié surpris, comme s'il avait oublié sa présence. Sans un mot, il se penche et fait jouer le ressort de la boîte à gants. Césaria sent son souffle glisser sur la peau nue de ses cuisses. Elle ne peut pas s'empêcher d'effleurer sa nuque, du bout des doigts — qui sait s'il s'en aperçoit ? Elle ferme les yeux. Il se relève, le flingue à la main.

— Je viens avec toi, dit-elle.

— Pas question ! fait-il en vérifiant une fois encore le contenu du barillet. Tu restes ici et tu ne bouges pas : c'est ce qui était convenu.

Visage de pierre, de rage froide.

— Réfléchis… dit doucement Césaria.

— C'est déjà fait, coupe Clovis. Si je suis pas ressorti d'ici une demi-heure, tu prends la bagnole et tu te tires, sans chercher à savoir.

— Tu sais très bien que c'est impossible.

— Je te le demande, Césaria. Fais-le pour moi.

Un sourire las et fugitif la traverse.

— Je ne sais pas conduire, dit-elle.

— Putain !… souffle Clovis. (Il inspire.) Je serai là, de toute façon. Attends-moi.

Il pose la main sur la poignée. Elle pose la main sur son poignet.

— Tu ne pourras pas ! fait-elle d'un ton précipité. Réfléchis ! Tu vas taper à sa porte ? Sonner ? “Salut, c'est moi, Clovis, je suis revenu pour te tuer !”… Il va regarder par l’œilleton. Il te reconnaîtra et il n’ouvrira pas, tu le sais !

— Je suis encore capable de défoncer une porte.

— Et lui, il est capable de t’attendre derrière avec un fusil pointé sur toi ! Il n’hésitera pas. Ton seul avantage, c’est la surprise.

Elle attendait un holà, mais Clovis reste muet. Il serre la crosse dans son poing. Son œil noir erre sans pouvoir se fixer.

— Tu as encore besoin de moi ! souffle Césaria.

— Si jamais il t’arrivait quelque chose…

C’est chaud, c’est bon, ça pique les yeux. Césaria savoure et dit :

— Il ne peut rien m’arriver de pire que d’être loin de toi !

Le genre de réplique qui faisait ricaner Clovis quand il se tournait sur le côté, après coït.

Il y a un court moment de flottement que Césaria tente de mettre à profit, car tout est fragile. Elle prend le ton soumis que lui dicte son intuition :

— Tu n’as qu’à me dire ce que j’ai à faire. Je le ferai.

Ça marche. Clovis semble se reprendre, et perdure son illusion d’être seul maître à bord.

— Tu sonnes à sa porte, fait-il d’une voix ferme. Il regarde, il te voit. Une fois qu’il a ouvert, tu disparais. Tu n’as rien d’autre à faire !

Il la toise, l’œil sévère. Il s’attend peut-être à ce qu’elle regimbe. Il voudrait peut-être qu’elle change d’avis, qu’elle lui dise non, je reste là, je t’attends. Ou peut-être que c’est ce qu’il redoute ?

— Très bien, fait Césaria.

D’un seul élan, Clovis pousse la portière et sort.

Le vent le gifle. Il coince le revolver sous sa ceinture, sa chemise par-dessus.

Césaria descend à son tour. Les deux portières claquent en même temps. Clovis se met en route, une dizaine de mètres, il s'arrête et se retourne. Césaria n'a pas bougé, sa main posée sur le toit de la Jaguar. Clovis attend. Il l'attend. Elle sourit, émue. Première balade en amoureux. Elle va vers lui et ses jambes n'en sont pas moins belles quand elles vacillent un peu.

10

Elle remarque qu'ils sont de la même taille, et décide sur-le-champ de ne plus porter désormais que des talons plats.

Au passage, elle adresse un petit signe au jeune Vietnamien occupé à servir de nouveaux clients.

Clovis la précède. Il entre dans l'immeuble sans même jeter un coup d'œil sur les noms ; il tient la porte ouverte et la freine lorsqu'elle se referme derrière Césaria. Ils font une courte halte. Ils sont à l'abri du vent mais le hall transpire une forte odeur de curry qui leur saute aux narines. Des prospectus publicitaires débordent des quatre boîtes aux lettres en fer alignées contre le mur de gauche ; d'autres sont éparpillés sur le sol.

Césaria s'avance vers la cage étroite d'un ascenseur. Au moment où elle tend la main pour l'appeler, Clovis la saisit au coude et l'entraîne sans un mot dans l'escalier. Spirale ascendante qui s'enroule et s'étire paresseusement. Une vingtaine de degrés par étage. Clovis va d'un pas lent et régulier pour ne pas s'essouffler. Avant chaque palier, il marque un temps d'arrêt, allonge le cou, écoute. Personne ne vient. Il repart. Césaria suit. Aucun bruit hormis celui, retenu, de leurs semelles sur le carreau.

Premier. Deuxième. À l'approche du troisième, Clovis ralentit encore. Il s'immobilise sur l'avant-dernière marche, passe la main sous sa chemise et empoigne le revolver. Une grosse goutte descend le long de sa tempe. Césaria le dévisage. Elle pensait trembler de plus en plus, or la voici de plus en plus sereine. Si son cœur s'emballe, ce sera pour d'autres raisons. Elle l'admire. Son amour est beau comme ces gangsters, beau comme ces policiers qu'elle a vus dans les films. Ces grands enfants maigres. Un peu ridicules, c'est vrai.

Elle gravit deux marches et parvient à sa hauteur. D'un seul coup, elle penche la tête et ses lèvres s'écrasent contre celles de Clovis. Il n'a rien vu venir. Tout de suite après, Césaria s'arrache, pose le pied sur le palier et le doigt sur la sonnette sans le quitter des yeux. Le ton du timbre est joyeux. Elle a son drôle d'imperceptible sourire. Clovis n'a que le temps de se plaquer contre le mur.

*

Des secondes interminables pour lui, durant lesquelles il réapprend le grondement sourd du sang charrié, les tambours lents, les mêmes que ceux qu'il entendait jadis sur le banc des accusés. Tandis qu'elle, elle, ne pense à rien — quelque chose comme l'ébauche d'un chant sacré plane dans le cloître de son crâne. C'est injuste, une fois encore.

Pas un bruit ne leur parvient de derrière la porte close. Clovis s'astreint à de longues et profondes inspirations. Il sent le mur rugueux contre son dos mouillé. Il voit la main de Césaria s'élever une nouvelle fois, avec une infinie lenteur, vers le bouton de sonnette. La porte s'ouvre à l'instant précis où elle appuie.

Ses cils papillonnent. L'homme lui fait face, debout dans l'encadrement. Césaria englobe tout d'un seul bloc : ses sandales, son jean, son torse nu, le cheval ailé tatoué au-dessus de son cœur, ses cheveux clairs tombant sur ses épaules et même le trou minuscule dans le lobe de son oreille gauche.

Dingo.

Il s'essuie les mains avec un torchon épais. Il n'a pas l'air méfiant.

— Oui ? fait-il.

C'est tout. Juste après ça, sa tête part en arrière, percutée par un objet dur et froid dont il ignore la provenance. Il se redresse mais déjà le bout rude du canon a trouvé sa place au beau milieu de son front. D'instinct il lève à demi les bras. Dans ses yeux écarquillés s'amoncellent la surprise, le désarroi, la douleur et la trouille, la très grande trouille. Pendant quelques instants, rien ne sort du trou béant qu'est sa bouche. Puis il lâche enfin, dans un souffle :

— Clovis ?...

Ce dernier pose un doigt en travers de ses lèvres pour lui intimer le silence. En même temps il accentue la pression du flingue sur le front de Faber, forçant celui-ci à reculer. Clovis lance des regards brefs et aigus dans tous les sens : il semble qu'il n'y ait personne d'autre à l'intérieur de l'appartement. Césaria referme doucement la porte derrière eux. Les deux hommes bifurquent ensemble sur la droite. C'est une cuisine. Clovis s'arrête au centre de la pièce, mais Faber continue à reculons jusqu'à ce que ses fesses heurtent le rebord de l'évier.

— Clovis ?... il répète.

Comme s'il n'était pas sûr tout à fait. La surprise paraît maintenant dominer tout le reste.

Clovis ne répond pas. Mâchoires serrées. Il note la planchette en bois posée sur le plan de travail à côté de l'évier, les rondelles de tomates, un peu de jus rose transparent sur la lame d'un couteau, un peu du même jus sur les carreaux du torchon que l'autre tient toujours à la main. Il trouve inconcevable que ce fumier fût en train de cuisiner, à moitié nu, dans un espace clair. Son index se resserre sur la détente du revolver.

— Tire ! chuchote la voix de Césaria dans son dos.

— Attends ! fait soudain Faber, agitant son torchon comme un drapeau blanc.

Césaria se rapproche doucement de Clovis.

— N'attends pas ! dit-elle. Tue-le ! Tue-le !... (Elle prend une large inspiration.) Tue-le et c'est toi, Clovis, qui connaîtras les affres de l'Enfer ! Et c'est pour toi que s'ouvriront la mer et les cieux noirs ! Frappe-le et c'est toi qui tomberas ! Car tu auras donné la mort, et la douleur et le remords te rongeront le cœur éternellement ! Car tu es bon, en vérité. Tu es fait d'amour, pour l'amour, pour donner et pour recevoir et pour partager l'amour dont tu es fait. Je sais, moi ! Tue-le et ton cœur se consumera comme un arbre frappé par la foudre, et le vent glacé des regrets soufflera sans répit sur ses cendres, attisera ses cendres et tu périras étouffé et brûlé de l'intérieur comme une étoile morte au fond des cieux noirs ! Et toutes mes larmes ne suffiront pas à te redonner ton éclat ! Je sais tout cela, en vérité ! Je sais tout cela !

À aucun moment Césaria n'a élevé la voix. C'est une prière, une litanie puissante et dense, aux pouvoirs hypnotiques. Les deux hommes ne bougent plus. William Faber dans son coin, entre le mur et l'évier, ses mains en l'air et sa bouche béante. Clovis campé sur ses jambes, son arme pointée, ses lèvres pincées où subsiste une trace de rouge, et le rideau de sueur qui se ferme sur lui.

Césaria le rejoint. Elle se colle contre son dos. Elle laisse aller sa joue sur son épaule. Elle enlace sa poitrine et pose la main bien à plat sur son cœur qui hésite.

— "*Celui qui hait son frère est dans les ténèbres, il marche dans les ténèbres, et il ne sait où il va, parce que les ténèbres ont aveuglé ses yeux.*"… Viens, murmure Césaria. C'est fini. Maintenant, il sait. Il suffisait qu'il sache. Si tu pardonnes, tu seras grand. La grandeur d'un roi. Tu seras vainqueur. Ses genoux fléchiront devant toi. Pour lui la honte et le remords, pour lui l'Enfer. Laisse-le-lui. Rien ne le relèvera. Il en mourra… Viens, mon amour. Ce sera ta vraie vengeance, si tu pardonnes. Si tu pardonnes, tu seras vengé bien audelà de tes espérances !

Le silence de nouveau, à peine troublé par la pétarade d'une moto, trois étages plus bas. Césaria est bien sur cette épaule. Dingo-Faber fait non ! non ! non ! de la tête, sans arrêt, comme un tic, sans savoir précisément ce qu'il refuse ou nie ainsi. Sa tignasse suit le mouvement. S'il a quarante ans, il n'en paraît que trente. Vieil adolescent. Clovis ne remue pas d'un pouce. À chaque respiration il sent les seins de Césaria se plaquer tout contre lui. Une perle roule par-dessus ses cils et vient piquer son œil. Sa vue se trouble.

Sur le côté, à droite, une porte s'ouvre.

*

Tous les trois ont sursauté. Césaria se redresse. Le bras raide de Clovis pivote instantanément de quarante-cinq degrés. Mais même s'il tirait, dans la foulée, il ne ferait voler que des éclats de plâtre et de bois. L'enfant est bien en dessous de sa ligne de mire. Un tout petit gamin de deux ou trois ans, avec une culotte blanche, un tricot blanc. Il s'arrête et les regarde, intrigué, sans plus.

Avant que Clovis se soit remis de sa surprise, une paire de jambes apparaît derrière l'enfant. La femme a aux pieds des sandales en cuir, identiques à celles de Faber. Elle porte un short en jean délavé et un soutien-gorge en coton imprimé de petites fleurs pastel. Elle est penchée en avant, le regard vers le sol, et se frotte énergiquement la tête avec une grande serviette de bain. Elle n'a encore rien vu.

— On n'a pas sonné ? demande-t-elle.

Personne ne lui répond.

Elle soulève la serviette, puis, d'un mouvement ample, rejette le haut de son corps en arrière. Ses longs cheveux humides lui fouettent le dos. Ses paupières s'ouvrent sur l'œil froid d'un gros calibre qui la fixe.

Son premier réflexe est de cacher sa poitrine. Son second, d'attraper le môme par le tricot et de le tirer à elle sans ménagement.

— Qu'est-ce que… ? Qu'est-ce que… ? halète-t-elle.

Ses yeux vont et viennent, de Clovis à William en passant par Césaria. L'incompréhension puis la panique, qui s'accroît, sans doute à cause de cette inertie et du silence général, beaucoup plus terrifiants que les menaces ou les coups. Elle aurait besoin de crier, hurler pour se libérer, mais en même temps quelque chose lui dit qu'il ne faut pas. Surtout pas.

C'est Faber qui brisera le silence. Au bout d'un long moment, il avale sa salive et dit :

— C'est ma femme, Clovis… Et ça, c'est mon fils.

L'enfant a plongé son regard dans celui de Césaria. Ses grands yeux marron, qui la mettent mal à l'aise. Celle-ci murmure une fois encore à l'oreille de Clovis :

— Viens !

Le ton est plus pressant, presque suppliant. Mais Clovis demeure immobile. Jusqu'à ce que le bout du revolver se mette à trembler, imperceptiblement. Un tremblement qui gagne ensuite son index, son poing serré puis son bras tout entier qui finit par retomber le long de sa cuisse, exactement comme une branche cassée retenue par un lambeau d'écorce.

Alors Clovis laisse échapper un long et douloureux soupir. Ses épaules s'affaissent comme au sortir d'un immense effort. Il fait demi-tour, lentement, puis un pas en avant. Un tout petit pas de petit géant.

L'enfant tourne brusquement la tête vers son père.

— Non ! hurle Césaria.

Trop tard. Faber s'est précipité. Au passage, il a raflé le couteau de cuisine posé sur la planchette, puis s'est jeté sur le dos de Clovis qui s'affale de tout son poids. Son front heurte le sol à l'instant même où la lame transperce sa chair. Un bruit mat, suivi d'un nouveau soupir, bref celui-ci. Le revolver glisse sur le carrelage. Faber est à califourchon sur Clovis, le buste bien droit. Il lève le bras de toute sa hauteur. Ses lèvres se retroussent, son poing se crispe autour du manche du couteau, et sur la lame, qu'il s'apprête à enfoncer une seconde fois, passe un étrange reflet roux.

Première détonation. La balle lui arrache un morceau d'épaule et le projette à plus d'un mètre en arrière. Il s'effondre. Césaria avance sur lui. Elle tient le flingue au bout de ses deux bras tendus, et c'est avec ses deux index réunis qu'elle rappuie sur la détente. Le nombril de Faber explose. Un filet de fumée danse à l'extrémité du canon.

Une odeur âcre envahit la pièce. Césaria se rapproche encore. Elle tire une troisième fois, presque à bout portant. Le corps de William-Dingo-Faber se cabre, comme le cheval tatoué au-dessus de son cœur, aux ailes définitivement coupées.

11

Un temps indéfinissable s'écoule, durant lequel toutes ses perceptions sont abolies. Ni sens, ni conscience. C'est un univers blanc, infiniment blanc, vaporeux, imperméable. Elle ne voit rien, elle n'entend rien. Quelque chose, quelque part, qui serait plus proche du coma que de l'Éden retrouvé. Ça dure peut-être une seconde, une minute, une heure.

Puis Césaria, tout doucement, émerge. Ça commence par le léger sifflement de l'air à ses oreilles. Peu à peu, elle recouvre l'ouïe, puis la vue.

À ses pieds gît le cadavre ensanglanté de Faber, ses cratères, comme des abcès crevés, au niveau de l'abdomen et du torse. Rien ne subsiste de ces endroits où frisottaient quelques poils blonds que son épouse lissait négligemment du bout des doigts.

Qui pleure ?

Césaria porte son regard sur la droite et découvre la femme à genoux. Elle est à genoux et elle pleure. Elle tourne le dos à son époux. Elle cache le visage du môme contre sa poitrine, elle l'enfouit, le serre, l'étouffe. Des sanglots secouent ses épaules, accompagnés du gémissement ridicule des petits rongeurs blessés.

Puis un autre son, une autre plainte, rauque, brève. Celle-ci éclate aux oreilles de Césaria, annihilant tout le reste. Elle fait volte-face et c'est seulement à cet instant-là que la conscience lui revient tout à fait. En pleine gueule.

Clovis, comme un vulgaire clébard, est à quatre pattes sur le carrelage. Sa chemise est déchirée au-dessus des reins. Une toute petite entaille relevée d'un trait de sang qui va s'épaississant. Il tente de se redresser. En vain. La douleur lui fait fermer les yeux.

Césaria s'élance et s'accroupit devant lui.

— Ça va aller ! souffle-t-elle. Ça va aller !

Peu importe ce qu'elle a fait. Son amour est blessé, son amour souffre. Elle passe la main sur le front de Clovis, en décolle les mèches plaquées par la sueur.

— Attends, je vais t'aider !

Elle pose le revolver sur le sol et le saisit sous les aisselles. Il est lourd, mais elle parvient tout de même à le faire pivoter, puis à le traîner sur son séant jusqu'à la cloison contre laquelle elle peut l'adosser. Clovis est au bord de l'évanouissement. Sa figure blême retombe mollement sur sa poitrine. Césaria l'encadre et la maintient de ses deux mains fermes. Son propre visage est à dix centimètres du sien.

— Me laisse pas ! souffle-t-elle, les dents serrées. Me laisse pas !

Cette injonction semble produire son effet puisque Clovis réussit à garder la tête droite, calée contre le mur. Il lutte. Ses yeux retrouvent un peu de leur éclat sombre. Césaria reprend le revolver et lui glisse la crosse dans le creux de la paume.

— Prends ça, et attends-moi. J'en ai pour une minute.

Elle quitte la pièce et se dirige tout droit vers le fond du couloir. Elle sait précisément ce qu'elle cherche et où elle va. Elle ne court pas. Pourquoi courir ? Quelque chose lui dit qu'elle ne devrait pas tarder à se réveiller, ça viendra, entre les bras de son amour. « J'ai fait un drôle de rêve… », elle lui dira. Son corps est en fusion mais son esprit demeure lucide et froid, aiguisé. Depuis quelques instants l'équilibre s'est fait, quasi parfait, entre le feu et la glace. Seuls les rêves peuvent offrir cela.

Césaria se retrouve dans la chambre du couple. Elle avise un grand placard mural dont elle fait coulisser le panneau. D'un côté, c'est une penderie, de l'autre des étagères, tout ça plutôt dégarni. Elle arrache quelques robes de leurs cintres et les fourre pêle-mêle dans un grand sac en plastique qui traînait à terre ; une mince pile de T-shirts froissés vient bientôt s'y ajouter. Lestée de son sac, Césaria rebrousse chemin.

Dans la cuisine, rien n'a changé. Bien sûr. Le mort est mort, son amour est blessé, et cette connasse qui chiale toujours ! Quant à l'enfant, il tente d'échapper à l'étreinte forcenée de sa mère.

Il veut voir, l'enfant. À moins qu'il ne soit en train de s'asphyxier.

Césaria passe à côté d'eux afin de gagner la pièce d'où ils ont fait irruption, tout à l'heure. Une salle de bains de faible dimension. Les carreaux sont d'un rose douteux. Une tortue bleue est restée en rade dans la baignoire à sec. Césaria l'ignore et va droit à la petite armoire à pharmacie au-dessus du lavabo. Elle l'ouvre et la vide, littéralement, enfournant tous les produits dans le sac sans chercher à en lire les noms sur les étiquettes. Après quoi, elle ressort.

À force de remuer, l'enfant a réussi à dégager une partie de son museau. Son œil gauche regarde par-dessus l'épaule de sa mère. Dans sa prunelle vierge se reflète le corps en lambeaux, comme une miniature ciselée sur une pastille d'ébène. Il ne fait aucun commentaire.

Césaria retourne vers Clovis, pose un genou devant lui. Chaque fois qu'elle voit son visage de douleur, suant et pâle, c'est sa propre chair que la lame perfore d'un coup sec. Elle le fixe, pourtant, sans faillir.

— Maintenant, on va se tirer d'ici ! fait-elle. Tu vas te lever. Tu vas marcher. Tu t'appuieras sur mon épaule. On y arrivera. On va partir d'ici. On va prendre la voiture et rouler jusqu'à un endroit tranquille où personne ne nous trouvera. Et là, je m'occuperai de toi. Je te panserai, je te soignerai, et tu guériras ! Tu vas vivre, mon amour ! Tu comprends ça ? Tu comprends ?

Clovis ferme, puis rouvre les paupières, en signe d'assentiment. Mais Césaria ne s'en contente pas.

— Dis oui ! fait-elle. Dis oui ! l'exhorte-t-elle. Son corps, sa voix, sa volonté sont tendus vers ce seul et unique but. Son regard a des reflets durs d'améthyste.

Clovis déglutit péniblement. Ses lèvres se décollent.

— Oui… fait-il dans un souffle.

Ce n'est qu'un murmure, faible. C'est une victoire pour Césaria. Elle résiste à l'envie soudaine de lui dévorer la bouche. Au lieu de ça, elle le prend une nouvelle fois par-dessous les bras, bande ses muscles, soulève. Son énergie est communicative. Galvanisé, Clovis se retrouve debout en moins de trente secondes, les jambes flageolantes, la respiration difficile, mais debout. Avec douceur Césaria lui reprend l'arme, comme si ce poids risquait à lui seul de le refaire basculer.

Derrière eux, les sanglots commencent à se calmer. La femme a fini par se vider de sa peine, le premier jet, impétueux et spontané. Plus tard viendra la véritable souffrance, si on lui en laisse le temps.

Césaria se dirige vers elle. Au passage, elle pioche au hasard un T-shirt dans le sac et le lance sur le dos de la femme.

— Enfilez-ça, on s'en va !

L'enfant s'est tourné vers Césaria, et ses grands yeux marron, innocents, la fouaillent une nouvelle fois.

La mère ne bronche pas.

D'un geste brusque, Césaria attrape le môme et le lui arrache des bras. La femme est déséquilibrée. Elle relève la tête et pousse un cri en voyant le revolver pointé sur le crâne de son fils.

— Vous avez cinq secondes, dit Césaria.

Le menton du gamin s'est mis à trembler, et presque instantanément de grosses larmes se forment au bord de ses paupières.

— Maman… lâche-t-il d'une toute petite voix.

Son cœur s'emballe sous la main de Césaria qui le maintient.

— C'est rien, mon chéri ! C'est rien ! fait la femme.

Elle s'est redressée. Avec des gestes nerveux et précipités, elle tente d'essuyer ses propres larmes. Malgré sa peur, malgré ses yeux rougis et son nez qui coule, elle conserve une réelle beauté. Cela n'avait pas frappé Césaria jusqu'ici ; lorsqu'elle en prend conscience, une vague de haine la submerge d'un seul coup. Elle ne cherche pas à se l'expliquer. Tout ce qu'elle sait, c'est qu'elle n'hésiterait pas, là, tout de suite, à déchiqueter ces seins lourds et ce ventre lisse et blanc disparaissant sous le T-shirt. Par bonheur, son cerveau lucide et froid commande encore : elle a besoin de cette femme. Dans l'immédiat.

— J'espère que tu sais conduire ? fait-elle.

L'autre remue la tête de bas en haut très vite.

— Bien. Vous allez venir avec nous, tous les deux. Si vous faites ce qu'on vous dit, tout se passera bien. Sinon… c'est lui que je tue !

— Non ! lance la femme, sa paume ouverte et tendue vers l'avant, comme si cela pouvait constituer un rempart.

— Allons-y, dit Césaria.

Elle relâche le môme, qui, cette fois de son plein gré, se jette contre sa mère. Celle-ci le prend dans ses bras, le serre, caresses, baisers, et les mots chuchotés qui rassurent.

Césaria est retournée auprès de Clovis. À peu de chose près, ce sont les mêmes douceurs qu'elle aimerait lui prodiguer.

*

Plus question d'escalier, cette fois. Tous les quatre s'engouffrent dans l'ascenseur étroit. La grille se referme et la machine se met en branle avec un boucan du diable, qui semble s'amplifier à mesure qu'ils descendent.

« L'immeuble est vide », pense Césaria. Une énorme caisse vide, où tous les bruits résonnent. Quelle autre explication ? Elle se souvient des détonations assourdissantes. Elle craignait vaguement une vague de voisins inquiets sur le palier. Personne. Peut-être un qui se terre au fond de son appartement, son index fébrile glissant sur les touches d'un téléphone…

— Passez devant ! Dépêchez-vous ! dit Césaria.

La cabine s'est arrêtée. La mère entraîne le gamin par la main. Césaria soutient Clovis. Toujours, dans le hall, ces remugles puissants de curry et de riz parfumé qui prennent à la gorge.

— Stop ! fait Césaria lorsqu'ils atteignent la porte d'entrée.

Elle fouille la poche de Clovis et en ressort un trousseau de clés, qu'elle tend à la femme.

— C'est la Jaguar, vert métallisé. Elle est garée à une trentaine de mètres sur la gauche. Vous la prenez et vous vous arrêtez juste devant l'immeuble. Quand vous y êtes, vous donnez un petit coup de klaxon. Un seul. Ensuite vous venez récupérer votre fils.

— Mon fils ? Mais…

— Il reste là, en attendant, dit Césaria. Faites vite !

C'est sans appel. La femme ouvre la bouche, puis renonce. Sa main frôle la joue de l'enfant, se retire aussitôt comme si la peau brûlait. Un éclair de jour, puis la lourde porte se referme derrière elle et la pénombre, à l'intérieur, paraît doubler d'intensité.

*

— Roulez ! lance Césaria.

Elle pense : « C'est fait. » Elle se sent forte. Dieu la comprend et veille sur elle.

Du fond de sa boutique, le jeune Viet a juste le temps d'apercevoir l'arrière de ses cuisses sous sa jupe relevée. Ses fentes oculaires s'élargissent un peu, puis la portière claque et la vision s'efface. Il soupire. Une bien jolie dame. Pas pour lui. Lui, il vend des nems et des sushis, et quand il aura fini de rembourser son oncle, il ne lui restera jamais de quoi se payer une bagnole comme celle-ci et une femme comme celle-là.

La Jaguar est déjà loin, hors de sa vue. Machinalement, il s'évente de la main, comme s'il pouvait chasser d'un geste ce brouillard humide et gras qui l'enveloppe vingt heures sur vingt-quatre. Il se dit que M. Dingo ne devait pas être chez lui ; qu'il y avait seulement la femme de M. Dingo, et le petit. Ces deux-là sont montés dans la voiture avec leurs amis. Ils avaient l'air pressés. Il se dit ça comme ça, en passant, il oublie déjà. Ce soir, il se souviendra uniquement de la belle inconnue, de ses yeux, de ses dents, de ses jambes nues pareilles à deux rayons crevant son ciel de vapeur permanent. Il en viendra à douter de la réalité de son existence, comme il doute de celle d'un pays paisible et lointain où coulent des rivières de saké.

— Et maintenant, où je vais ? demande soudain la femme.

Le fil de sa voix blanche est prêt à rompre.

La Jaguar se faufile au sein d'un trafic plutôt fluide. Heure creuse. Césaria relève la tête. Où aller ? La première image qui s'impose est celle de son petit studio, vide, propre, coquet. Elle la détruit d'un battement de cils. Pas de retour. Pas question !

— Sortez de la ville, dit-elle. Allez vers la campagne. Prenez des petites routes. Je vous dirai au fur et à mesure.

Elle a confiance, elle trouvera. Quand elle dit « campagne », elle voit le désert du Sinaï.

La femme obéit. Elle entrouvre la bouche. L'air

lui manque, cet oxygène dont sa poitrine oppressée ne parvient pas à s'emplir. Si ça ne tenait qu'à elle, elle se fermerait complètement. Les yeux, la bouche, le cœur, hermétique à tout elle enfoncerait la pédale d'accélérateur et conduirait ces deux monstres en enfer, via le premier platane qui se présente. Mais voilà, il y a la chair de sa chair, le petit bout, la puce, installée à ses côtés sur le siège du passager.

Elle ne voulait pas l'asseoir là. « C'est trop dangereux ! » s'était-elle écriée lorsque Césaria lui avait indiqué cette place pour l'enfant.

Trop dangereux… Argument dérisoire. Césaria n'avait pas eu à insister longtemps. La femme a quand même tenu à passer la ceinture au gamin, la sangle sous les bras, sinon ça lui barrait le menton. De temps en temps, elle lui lance un regard. Sa main droite lâche le volant et vient presser subrepticement celle de l'enfant. C'est petit, c'est tiède, vivant, c'est elle-même qu'elle tente de rassurer de cette façon. Après ça, elle se détourne et renifle. Les sanglots violents sont passés, restent des larmes en trop-plein qui s'écoulent une à une le long de ses joues. Et la boule énorme qui fait du yo-yo au fond de sa gorge.

L'enfant, lui, ne bronche pas. Il semble s'être déjà adapté à cette situation nouvelle. Le buste droit, le regard droit, il étire le cou pour tenter d'apercevoir la route. Il est content d'être assis à l'avant, comme un grand. Du coup, son visage a pris une expression d'adulte, sérieux et concentré. À le voir ainsi, on pourrait croire que c'est lui, le chef de l'expédition. L'angelot qui mène à la boucherie.

Derrière, Clovis est allongé de tout son long sur la banquette. La douleur vive qui lui cuisait le haut des reins semble se diluer dans une sorte d'engourdissement général. De nouveau, il a du mal à garder les yeux ouverts. Il pense confusément qu'il est en train de mourir. Il est un peu étonné de s'en foutre autant. Entre ses paupières mi-closes, il devine la silhouette de Césaria. Elle s'est réservé un minuscule coin de siège pour poser ses fesses — le trône d'une reine : est-ce que ça ressemble à ça ? Elle lui tient la main, toujours. Clovis sent vaguement le doux ressac d'un pouce sur sa peau. Il s'abandonne, ferme les yeux. Grande fatigue, grande, grande lassitude. Le moteur de la Jaguar tourne sans bruit.

Et puis la voilà qui revient. La romance. Le petit air perfide et langoureux. La chanson du cow-boy.

— Écoute ! fait Césaria.

Pas besoin de lui dire : Clovis n'entend plus que ça.

On ira, où tu voudras, quand tu voudras…

— J'adore ce morceau ! dit Césaria. C'est beau, tu ne trouves pas ?

Et on s'aimera encore, lorsque l'amour, ce rat mort…

Les violons saignent, les chœurs aussi.

Oui, c'est beau, pense Clovis. C'est beau… C'est beau comme tout ce qui n'existe pas. C'est beau comme tout ce qu'on ne pourra jamais avoir. Comme tout ce qu'on croit pouvoir faire et qu'on ne fera jamais. C’est beau comme un rêve. Putain, c’est magnifique ! hurle Clovis dans sa tête.

S’il pouvait ne jamais se réveiller.

II

LES VERS DU POÈTE

(Souviens-toi de ce ciel vu de si près ensemble)

12

La faucheuse imitait bien la mort.

Immobile. Suspendue au-dessus de sa tête, à moins d'un mètre. Elle semble posée sur l'air. Le fil qui la retient est invisible à l'œil nu. C'est tout juste si l'on distingue, un peu plus haut, au niveau du plafond, quelques reflets jaune orangé sur ce qui pourrait bien être sa toile.

L'araignée est descendue, puis s'est arrêtée.

Clovis la fixe, et la fixe encore, et soudain il a la certitude qu'elle en fait de même de son côté. Elle l'observe, elle le guette. La petite bête. Il se dit qu'il suffirait d'un souffle pour la faire valdinguer, arracher ses fils et ses pattes longilignes. Va te faire foutre ! il se dit. Il tente d'engranger de l'air mais sa respiration se bloque. Net. Déchirure sur son flanc droit. Ce n'est qu'un pauvre soupir qu'il exhale, pas le souffle qui tue.

L'araignée est aussitôt oubliée. Clovis prend conscience qu'il est allongé dans un lit, un vrai lit. Son corps s'enfonce au creux d'un matelas trop mou ; son crâne est pris dans l'étau moelleux d'un immense oreiller débordant de chaque côté, et ses oreilles en sont à demi bouchées — c'est sans doute la cause de cet étrange silence. Le drap est lourd et sent le renfermé.

Clovis tourne doucement la tête afin d'examiner la pièce. Pas grand-chose à voir. Deux moignons de bougies blanches sur la table de chevet constituent l'unique source de lumière. Il y a des ombres denses, implacables, au plafond, et les reflets pâles pris dans la toile comme des perles d'eau.

Alighieri. M. Alighieri… Ce nom lui revient brusquement en mémoire, en même temps que les images qui l'accompagnent : Clovis avait quatre ou cinq ans, pas plus. Sa mère était assise à ses côtés. Le mort avait des sourcils épais et des poils gris dépassaient de ses narines. Les formes noires évoluaient lentement autour du lit. Des femmes, pour la plupart. C'était à la fois terrifiant et doux.

Une veillée funèbre.

Si le souvenir a resurgi du passé, aussi net et précis, c'est sans doute à cause de l'atmosphère. Identique. Aujourd'hui comme hier, à peu de chose près : Clovis enfant ne se sentait pas visé ; ses jambes pendouillaient sous le barreau d'une chaise trop haute pour lui ; et celui qui était couché sur le lit, déjà froid, déjà raide d'une raideur solennelle, c'était un vieil Italien du quartier que l'hiver avait vu venir de loin.

Le souvenir s'efface lorsque Clovis tente de se dresser sur ses coudes. Peine perdue. Son corps est ankylosé, sans forces, une masse de plomb à moitié fondu. De plus, chaque esquisse de mouvement un peu trop brusque réveille sa douleur, comme si sa chair se rouvrait. Sa main se faufile doucement sous le drap. Il se tâte et réalise qu'il est nu. Totalement nu, hormis cette espèce de bande qu'il sent au bout de ses doigts et qui lui ceint les reins, large du nombril au pubis.

Il n'a pas le temps de se poser des questions. Une porte vient de s'ouvrir. Léger courant d'air, les petites flammes vacillent, l'araignée affolée remonte à toute allure le long de son fil qui tremble, court se tapir dans son jardin obscur.

Clovis pense immédiatement à son flingue — « Où il est ? » —, mais avant qu'il ait pu faire un geste, le visage de Césaria apparaît au-dessus de lui, baigné de la lumière blonde accaparée.

— Je savais que ce serait pour ce soir, dit-elle en souriant.

Elle paraît irréelle et Clovis se retient de la toucher pour vérifier.

— Où sommes-nous ? il demande.

— Chez nous, dit-elle.

Clovis prend un air éberlué qui la fait éclater de rire. Elle explique :

— On a roulé un moment, au hasard. Mais tu avais déjà perdu beaucoup de sang, il fallait faire vite. Quand j'ai vu cette petite maison, toute seule, au bout du chemin, j'ai pensé qu'elle était pour nous. On s'est arrêtés et puis on est entrés. Voilà.

Tout le long son sourire. Jamais elle ne lui a paru aussi insouciante, épanouie. Un mauvais pressentiment commence à gagner Clovis, comme s'il se penchait sur la margelle d'un puits dont il ne peut voir le fond.

— C'est une maison abandonnée ?

Césaria hausse les épaules.

— Je ne sais pas. Les volets étaient fermés, en tout cas. J'ai réussi à faire sauter un des crochets avec une barre de fer. Ensuite, il ne me restait plus qu'à casser un carreau. Je suis passée par la fenêtre, puis j'ai ouvert la porte, de l'intérieur.

On dirait qu'elle raconte sa journée, le coiffeur, les boutiques, le superbe chemisier en solde qu'elle a enfin pu s'offrir.

— On ne peut pas rester ici ! fait soudain Clovis.

Il saisit le drap, soulève le buste, mais la douleur le cisaille. Rictus sur sa face avant de retomber sur l'oreiller.

— Attention ! souffle Césaria. Reste tranquille. Il vaut mieux que tu ne remues pas trop, pour le moment. Tu as encore besoin de repos. On restera là le temps qu'il faudra. Jusqu'à ce que tu sois rétabli.

— Et les propriétaires ! objecte Clovis. Qui nous dit qu'ils ne sont pas simplement partis en vacances ? Ils peuvent se pointer d'une minute à l'autre ! Ou même un voisin, n'importe qui !

— On les verra venir, rétorque Césaria. La maison est isolée, le premier village est à plus d'un kilomètre. Quant au chemin, devant, depuis hier personne n'y est passé.

— Depuis hier ? sursaute Clovis.

Césaria glousse, la main devant sa bouche, comme une bonne élève qui se dévergonde.

— Eh ! oui, fait-elle, ça fait plus de trente heures que Monsieur roupille ! Et tu vas entamer ta deuxième nuit ici !

Clovis ne partage pas son hilarité. Au contraire. Chaque révélation est une charge de plus sur son corps déjà lourd. Il est en train de s'ensevelir dans le duvet.

— Comment te sens-tu ? reprend Césaria d'une voix plus douce. Tu as mal ? Tu veux que je t'aide à te redresser un peu ? Tu t'appuieras sur le coussin.

Clovis ne répond pas. Césaria grimpe sur le matelas et glisse la main sous sa nuque. Tout en le soutenant, elle remonte l'oreiller contre le haut panneau de bois sombre, puis Clovis lui-même, qui se laisse faire, amorphe.

— Ouf ! T'es sacrément lourd, tu sais ! Quand tu étais dans les pommes, c'est moi qui t'ai porté, de la voiture jusqu'ici. Ça ne t'a même pas réveillé !

Elle a repris sa place au bord du lit. Sa remarque semble faire revenir Clovis du lieu incertain où il se trouvait. Lentement, il tourne les yeux vers elle. Il la scrute un bon moment, et elle ne dit rien parce que soudain elle se sent intimidée.

— C'est toi qui m'as porté… répète alors Clovis.

Ce n'est pas une question. Mais Césaria confirme, d'un mouvement de tête.

— C'est toi qui m'as déshabillé.

— Oui.

— C'est toi qui m'as couché. C'est toi qui as bordé mes draps.

— Oui.

— Et c'est toi qui m'as soigné…

— Oui. Avec les moyens du bord, dit Césaria. J'ai désinfecté la plaie et j'ai fait une sorte de pansement, avec du coton. Après, j'ai rajouté cette bande autour, pour que ça tienne bien serré et que ça ne recommence pas à saigner. C'est tout ce que j'ai pu faire. Pas grand-chose, tu vois.

Ce qu'elle ne dit pas, c'est qu'elle a passé ses joues sur son front quand il dormait. Quand il était brûlant, son front, quand il pleuvait des torrents de sueur jusque dans son cou et sur la mousse de son torse, elle a passé l'éponge de ses joues et bu la sueur chauffée à blanc. Et quand sa peau frissonnait, froide et rêche comme une écorce de bois mort, elle l'a réchauffée. Elle a posé ses mains à plat et frotté son corps qui grelottait, et le bois mort s'est réchauffé. Elle a léché son corps. Elle a léché sa peau et bu la fièvre à la source même de ses pores. Elle a léché sa sueur et son sang. Elle a bu et craché le poison. Elle a pleuré et baigné son corps de ses propres larmes, et lavé sa plaie. Et versé ses propres larmes entre ses lèvres asséchées quand il réclamait. Le meilleur et le plus pur d'elle-même, elle le lui a donné à boire. Et elle a vaincu, car son corps s'est apaisé. Et alors, il a dormi d'un sommeil tranquille et tiède.

Et alors, elle a prié. Elle s'est agenouillée sur les lattes de bois, devant la table de chevet. Il y avait ces deux bougies blanches posées sur des soucoupes en porcelaine. C'était comme ce jour où sa mère est morte. À chacun ses souvenirs. Césaria avait quatorze ans. Ce jour où Dieu est entré en elle. Mais Clovis n'est pas mort. Son amour respire, et sa respiration est le flot calme qui porte les mots qu'elle murmure. De temps en temps, elle interrompt sa prière et dit : « Je l'ai sauvé ! Je l'ai sauvé !... » Puis elle reprend. Elle était à genoux sur le plancher rugueux. Elle a prié jusqu'à ce que l'aube devienne réalité.

Mais elle ne peut pas dire tout ça. Elle ne peut rien dire parce qu'elle craint qu'il ne soit pas encore prêt. Sans doute il ne comprendrait pas.

Elle se tait et Clovis continue de la fixer. Pour s'imprégner, peut-être. Pour ne jamais oublier. C'est l'adieu qui se prépare. Ou bien l'amour. La reconnaissance. L'envie. Ou aussi bien la pitié. Un autre poison. A-t-il seulement remarqué qu'elle s'était changée ? Qu'elle porte à présent une robe ample, légère, presque fluide comme une pluie d'été bleu lavande, qui lui donne un air vieillot et sage, un faux air, une robe à courir et se faire trousser au milieu des prés en riant aux éclats ? A-t-il seulement remarqué le dessin des fines bretelles entrecroisées sur son dos nu ?

Les yeux de Clovis ne dévoilent rien de ses pensées. Pour une fois, Césaria ne sait pas. Elle attend, elle espère, n'osant plus bouger, de peur de rompre quelque chose. La moitié de son amour émerge du drap froissé et encore humide de sa fièvre. C'était un beau corps, de beaux muscles, un large buste, qu'il faudra aider à redevenir. « Je l'ai sauvé ! » Le silence entrecoupé parfois des craquements du vieux bois.

Enfin le bras de Clovis se détache de l'ombre. Il se tend vers Césaria, sa main s'ouvre et ses doigts se déplient lentement comme s'ils libéraient un minuscule oiseau blond.

Césaria demeure un long moment sans réaction. Incapable de réfléchir — mais quoi, réfléchir ? La poche qui enflait au fond de son ventre se déchire soudain et le liquide chaud l'inonde. La joie dans tout son être, la joie qui remplit ses yeux et les fait briller dans la nuit comme la lanterne d'un vaisseau fantôme.

Alors Césaria saisit la main tendue et vient se blottir contre le corps de Clovis. Sans lui faire mal. Sa tête repose au creux de son bras qu'elle couvre de silencieux baisers, là, dans la saignée du coude où la chair est si tendre. Elle gémit doucement, puis murmure :

— Il y a un champ derrière la maison. Un champ de tournesols. C'est magnifique, tu verras…

Mais Clovis ne répond pas. Son regard reste indéchiffrable. Sa main libre s'est posée sur le cou gracile de Césaria. Tout à coup, il sent que ses doigts hésitent. Caresser. Serrer.

La faucheuse, au-dessus de sa tête, a repris sa lente descente en rappel. Et son ombre grandit sur le front de Clovis.

13

Côte à côte, deux petites collines enneigées, deux sommets modestes où se dresse un semblant de hampe noircie et carbonisée, sans pavillon. Les bougies se sont éteintes. C'est tout ce qu'il en reste.

Prudemment, l'araignée tâte du bout des pattes cette terre désolée. Cire blanche et froide. Une vague odeur, mais ça n'a jamais rempli un estomac.

Quand les mèches brûlaient encore, elle avait repéré deux ou trois papillons fous dansant devant la flamme. Rien que le bruit de leurs ailes la faisait saliver. Elle s'est aventurée jusqu'ici dans l'espoir d'en récolter un morceau de choix, déjà grillé. Charognard — ce qu'il faut pas faire pour bouffer ! Mais pas un de ces excités ne s'est laissé prendre. Ils ont disparu en même temps que la nuit.

L'araignée délaisse la cire sèche et s'avance jusqu'au bord du plateau. De là, elle observe les deux corps allongés sur le lit. Son regard est d'abord méprisant, puis envieux, puis désabusé. Au bout d'un moment, elle baisse ses jolies mirettes et considère le vide vertigineux qui s'ouvre devant elle. Elle pousse un profond soupir que personne n'entend. Puis se lance.

*

Césaria se tient sur un coude. Tout près d'elle, Clovis assoupi. De temps à autre une palpitation sous ses paupières, comme s'il roulait des yeux pendant son sommeil. Césaria se penche, tend son museau jusqu'à sentir le souffle de Clovis chatouiller sa peau. Elle se relève avec un mince sourire aux lèvres. Comblée. Elle a dormi auprès de son amour, elle se réveille à ses côtés. La vie est une fleur miraculeuse.

Elle voudrait se lever, se refaire une beauté, qu'il la trouve fraîche et pimpante, et belle, quand il ouvrira les yeux. Pourtant, elle reste là. Elle contemple, savoure. Quelque part, au fond d'elle-même, elle sait l'éphémère. Elle a au moins appris ça. Cet instant est unique et ne reviendra pas. Pas sous cette forme, pas dans ce monde. Le jour filtre à travers les volets, un rayon de soleil épais comme un lingot éclaire le bas de sa robe couleur lavande, un oiseau chante parce qu'il est libre et saoul de jus de mûres, et tout cela ne sera plus. Mais même cette certitude ne parvient pas à flétrir son sourire.

Le temps se dilue et Césaria regarde Clovis dormir. Distraitement, elle effleure son propre cou, se demandant si les traces y sont visibles. Elle espère que oui. Quand Clovis a commencé à serrer, elle a fermé les yeux — c'était si doux. Les doigts s'enfonçaient dans sa chair et elle pensait : « Si telle est sa volonté... » Elle gardait les yeux fermés. Elle comptait s'endormir ainsi. Son amour a les doigts courts mais ils faisaient presque le tour de sa gorge. Encore un petit effort. Elle ne respirait déjà plus, des étoiles mauves naissaient sous ses paupières, des petits os craquaient. Mais Clovis n'est pas allé jusqu'au bout, relâchant son étreinte comme si la gorge avait pris feu. Si soudainement que Césaria ne s'en est pas tout de suite aperçue. C'est seulement lorsqu'un jet de salive cuisant a pu se frayer le passage qu'elle a enfin réalisé. « Si telle est sa volonté », elle s'est dit. Son amour a eu une sorte de hoquet. Elle lui tournait le dos et elle n'a pas eu la force de se retourner pour voir. Ni vraiment l'envie. Finalement, elle s'est endormie la dernière, bien après lui, quand elle a été sûre d'entendre sa respiration calme et régulière.

Elle aimerait beaucoup, ce matin, avoir conservé l'empreinte de son amour autour du cou.

Le voilà qui bouge et laisse échapper un léger grognement, presque voluptueux. Il va bientôt s'éveiller, mais Césaria ne parvient toujours pas à s'arracher à cette vision.

Alors le Diable s'en charge.

On frappe.

Soudain. On tambourine. Une série de coups sourds mais violents. Le bois rend un son mat qui vibre dans la pièce. Et puis des cris, des appels retentissent, couvrant le bruit des coups. Instantanément l'admirable harmonie qui régnait se brise, éclate en morceaux comme un vulgaire miroir aux alouettes. Pour Clovis, le rêve devient cauchemar. Encore dans son sommeil, il fronce les sourcils et grimace. Césaria lève une main dérisoire pour arrêter tout ça. Mais c'est trop tard. Clovis se dresse d'un seul bloc. C'est si brusque que Césaria ne peut éviter son épaule qui la heurte à la pointe du menton. Il tourne vers elle des yeux exorbités au fond desquels elle croit voir resurgir de vieux démons qui lui rient au nez.

— Qu'est-ce que c'est ? souffle Clovis. Qu'est-ce que c'est ?

Mais déjà il rejette la tête en arrière, regarde le plafond. C'est de là-haut que provient le tapage. Durant quelques fulgurantes secondes tout s'emmêle et s'entrechoque à l'intérieur de son crâne. Chaos total. Il pense que Dieu existe et vient chercher son âme en défonçant les lattes à coups de talons ; il pense qu'un essaim de flics a investi le toit et qu'ils vont bientôt apparaître en se laissant glisser le long d'un fil invisible ; il ne pense pas : ce sont des flashes qui crépitent et disparaissent aussitôt. S'il avait son flingue, il tirerait au jugé, sans savoir, sans réfléchir. Mais il ne l'a pas. Il n'a rien. Il est nu, la gueule béante, à regarder ce plafond comme si c'était un ciel gorgé de soucoupes.

Césaria s'est laissée choir sur l'oreiller. Son sourire avalé comme une coulée de miel rance. Une lueur de haine glacée embrase ses pupilles.

— C'est elle, dit-elle.

— Elle ? fait Clovis.

Les cris ont cessé, seuls les coups continuent de pleuvoir. Et leur rythme s'accélère.

— Elle. La femme de Faber ! précise Césaria d'une voix qui tranche net dans le raffut.

Réalité — salope ! —, ça dégringole sur la hure de Clovis dans un fracas imaginaire de poutres et de ciment. À son expression, Césaria pige qu'il avait oublié l'histoire, les derniers événements, refoulé tout ça et peut-être qu'il comptait sur le temps et beaucoup de guilis sous les bras pour que jamais cela ne refasse surface.

Mais voilà que ça revient déjà, pas de charge, fanfare, tambours, trompettes. Et encore, il ne sait pas tout…

— Ouvrez, bon sang ! Ouvrez ! recommence à hurler la voix.

— Tu l'as enfermée ? fait Clovis.

— Oui, dit Césaria. Au grenier, avec le petit. Qu'est-ce que tu voulais que je fasse ?

Il ne répond pas.

Elle aussi, quelques heures durant, elle a cru à un semblant de Paradis. L'autre connasse fout tout en l'air.

— Va la chercher, dit soudain Clovis. Et le gamin aussi. On peut pas les laisser comme ça.

Césaria s'y attendait. Elle a déjà un pied à terre. Pourtant, elle lui lance un regard de chienne triste délaissée par son maître.

En face du lit, il y a la fenêtre. Elle l'ouvre sans prévenir et pousse d'un seul coup les deux volets de bois qui s'écrasent contre le mur. Le jour frappe Clovis de plein fouet, l'aveugle.

— Qu'est-ce que tu fous ? il gueule.

— Un peu d'air, dit Césaria. Ça commence à sentir, ici.

Le revolver repose sur une petite table carrée parsemée de grains de blé secs. Au passage, elle s'en empare, d'un geste las et coutumier, comme s'il s'agissait d'une simple clé de boîte aux lettres.

*

La lande est remplie de moutons gris, mornes, silencieux. Quand le jour est entré, certains d'entre eux ont remué. Semblant de vie. Un faible courant d'air suffit. Un faible espoir. Mais c'est vite retombé. Un seul regard circulaire et la faucheuse est fixée. Illusion. Les moutons ne volent pas. La poussière se mange, paraît-il. Elle pourrait bien en être réduite à ça. Quelque part ça gargouille, au fond de la minuscule boule de son corps.

Elle poursuit sa marche, coupant droit dans ce désert de carcasses effilochées. Pas même une grosse mouche bleue tournant autour. Tout est rogné, archi-rogné.

L'espace est scindé en deux : ombre et lumière. Elle approche de la frontière, pénètre du côté sombre sans un pincement au cœur. Depuis que le silence s'est fait, elle s'entend presque penser. Et gargouiller. N'empêche, elle aime mieux ça. Ces étrangers font plus de boucan qu'un orage, s'agitent, parlent la voix du tonnerre et du vent, du vent ! du vent !... Mauvais, ça, ça fait fuir les clients.

L'araignée s'immobilise, deux pattes en suspens, retient son souffle. Là, dans le coin le plus obscur, entre le mur et le montant, quelque chose a bougé. Une lueur fugitive sur un pan de robe noire laquée… Veuve Cloporte sort de son trou.

L'araignée s'exhorte au calme. Sang-froid. Oublier l'excitation et la faim. Elle laisse passer le long frisson qui la secoue, respire, repose doucement ses pattes sur le sol, puis commence à avancer en direction de sa proie. Tout doux, tout doux. Elle sait qu'à la moindre alerte l'autre retournera au fin fond de sa fissure. Inaccessible… Non ! Non ! Non !… Il faut la jouer fine.

Fine ?

Le plancher tremble et elle en perçoit les vibrations avant même que d'entendre le vacarme des pas. Le silence n'aura duré que le temps d'un sale éclair dans son estomac. Elle en chialerait. Maudit soient-ils, ces intrus géantissimes ! Elle leur bouffera le foie !

Malgré tout, le bout d'étoffe noire luit encore. Dernière chance. La faucheuse accélère…

*

Clovis n'a pas fini d'en découdre avec l'aveuglante lumière. Ses paupières continuent de balbutier. Il sait qu'elle l'a fait exprès. Il sait qu'elle sait qu'il a peur. L'air, le soleil braqué sur lui comme un projecteur, n'importe quel autochtone pourrait remarquer les volets ouverts et se dire : « Bizarre, bizarre… »

Est-ce qu'elle s'en fout vraiment ? De tout ? Est-ce qu'elle est vraiment amoureuse ? Vraiment folle ? Césaria, où veux-tu en venir ?

Le bruit enfle. Des pas sur un escalier en bois. Clovis fait un gros effort pour se redresser encore un peu sur l'oreiller. Du regard il cherche ses habits mais ne les voit pas dans la pièce. Il est nu et il pue la transpiration. Elle a raison. Jamais il n'a senti son sexe aussi petit, ratatiné. Il tire le drap jusque sous son menton. Mais juste au moment où la porte s'ouvre, il le repousse d'un mouvement sec, faisant apparaître un morceau de la bande blanche entourant sa taille.

La femme entre, l'enfant dans ses bras. Elle se tourne d'abord vers la fenêtre, ensuite vers le lit, et ses cils cessent aussitôt de battre. Clovis est frappé par son expression farouche. Il se souvenait vaguement d'un regard surpris, puis effrayé, enfin de ses yeux inondés de larmes. Aujourd'hui, ces mêmes yeux le foudroient de leur colère et de leur mépris, et pour la première fois il sent que son âme même n'est pas à l'abri.

La femme ne dit rien. Le garçon relève la tête qu'il avait posée contre son épaule. Clovis prend sa place — machine arrière : il a trois ans, il n'a plus de poids, on le soulève, on le porte, c'est fort et c'est tendre à la fois, ses pieds ne touchent plus terre, on n'attend rien de lui, que des baisers, des mots nouveaux, des rires qui sonnent clair, des dents de lait, il se laisse faire, ce qu'on lui dit de faire, ce qu'on fait pour lui, aucune décision à prendre, tout danger écarté, les fantômes n'existent pas, les loups regagnent leurs tanières au fond des bois, pas peur, pas de poids, il connaît l'haleine de sa mère, son odeur… Mais ce n'est pas cette odeur-là qu'il respire !

Césaria est venue reprendre sa place au bord du lit, jambes croisées. La main de Clovis qui cherchait sa main s'arrête juste à temps.

La femme n'a pas bougé. Elle a remarqué le geste de Clovis et le tremblement de sa lèvre. Mais ce n'est pas à elle d'avoir pitié.

— Il a faim ! lâche-t-elle d'une voix sèche.

Clovis regarde l'enfant qui le regarde.

— Il ne tiendra pas longtemps ! poursuit la femme. C'est comme ça que vous comptez nous éliminer ? En nous faisant crever de faim ?

— On ne vous veut aucun mal, dit Clovis.

La bouche de la femme se tord en un sourire macabre.

— Aucun mal ?...

— Pas à vous. Pas à lui ! fait Clovis qui tente de se rattraper.

— Trop tard ! crache la femme.

Clovis revient à l'enfant.

— Comment tu t'appelles ? il demande.

— Qu'est-ce que ça peut vous foutre ? intervient la mère.

— "Sarles"... susurre le garçon.

Léger défaut de prononciation. Clovis touché, troublé, fronce les sourcils.

— Charles ?

— Laissez-nous partir, dit la femme. Ça ne rime à rien, tout ça !

— Charles ? répète Clovis.

— Comme son parrain, glisse Césaria d'un ton badin.

Elle semblait indifférente, étrangère, passant

négligemment le bout de son index sur le bout du revolver.

— Plus vous tarderez, insiste la femme, plus ce sera…

— Qu'est-ce que c'est que cette histoire ? interrompt Clovis.

— Demande-le-lui, dit Césaria.

— Quoi ? fait la femme.

— Le parrain du petit ! dit Clovis.

— Et alors ?

— Charles, il s'appelle ? Charles comment ?

— Bon Dieu ! s'énerve la femme. Je suis en train de vous dire que mon fils risque de mourir s'il n'avale rien dans les heures qui viennent !

— C'est important, dit Clovis. Répondez, s'il vous plaît.

La voix sourde car la douleur recommence à le lancer par vagues successives.

— Meyer ! lâche enfin la femme, en reposant l'enfant à terre. Charles Meyer ! Ça vous va ?

— Ton vieil ami… souffle Césaria.

Elle se lime les ongles avec le rebord du canon. Clovis la dévisage.

— Tu le savais !

— On en a vaguement parlé, dit Césaria en soufflant sur une pelure de vernis écaillé.

— Merde ! fait la femme. Un mort, ça vous suffit pas ? Ce n'est qu'un enfant !

Elle crie, elle a pleuré, mais elle n'a jamais demandé pourquoi William Faber s'était fait trouer la peau. Est-ce qu'ils étaient mariés ?

— Qu'est-ce que ça veut dire ? balbutie Clovis.

Son regard erre de Césaria à la femme, puis à

l'enfant sous un jour nouveau. Le vieux ne lui a jamais fait mention d'un quelconque filleul.

— C'est curieux… remarque simplement Césaria.

Les yeux acajou du gamin s'arrêtent sur elle. Il tire sur le T-shirt de sa mère, vers le bas.

— Maman, demande-t-il de sa voix fluette, pourquoi la dame elle a mis ta robe ?

Clovis regarde le vêtement comme s'il le découvrait. La femme a pâli. On voit saillir les muscles de ses mâchoires, cassant la courbe douce de ses joues. Son univers oscille soudain entre le bleu lavande et le rouge sang.

— Parce que c'est pas une dame, mon chéri, fait-elle. C'est un monsieur qui se déguise. Un travesti. Une tante. Un pédé ! Tous les deux ! C'est rien que deux sales pédés qui s'enculent !

Sa voix est montée dans les aigus. Hystérique. Clovis a fermé les yeux. Les reins fouaillés par cette lame bien plus longue et plus effilée.

Une guêpe entre par la fenêtre et nul ne la remarque, chacun pensant sans doute que c'est le silence qui bourdonne.

La femme reprend haleine. Elle voit Césaria, le flingue, la crosse de nouveau calée au creux de sa paume. Elle entend les détonations et le cri de la Mort, plus strident que le sien. Elle regrette.

Mais rien ne se passe.

— Vous croyez qu'il peut comprendre ça, à son âge ? dit simplement Césaria.

La femme ne répond pas. Le petit s'est blotti entre ses jambes. Clovis a mal.

Césaria se relève.

— Je vais faire les courses, dit-elle.

La guêpe s'est posée sur son bras comme un faucon royal. Personne n'a l'air de s'en étonner.

— Toi ? fait Clovis.

— Qui d'autre ?… Il faut que tu manges. Il faut que tu reprennes des forces, mon amour.

Clovis s'enfonce lentement vers le fond de sa couche. Il se rappelle avoir été un homme dur et volontaire — dans quelle vie ?

— C'est bon, fait Césaria en agitant le flingue. On remonte là-haut.

La femme la jauge, comme on jauge un animal d'une espèce inconnue dont il faudra percer les défenses. Puis elle reprend l'enfant dans ses bras et fait demi-tour.

Césaria les suit. Avant de fermer la porte, elle se retourne vers Clovis. Ce qu'elle voit lui fait valser les entrailles et venir les larmes aux yeux.

Elle aimerait mourir trois fois, rien que pour l'épater.

*

Trop tard.

L'araignée stoppe brutalement sa course. Devant elle, la minuscule fissure du plancher dans laquelle la femelle cloporte vient de plonger. Elle n'a même pas le courage d'y insérer une de ses pattes.

Ce n'était pas une robe noire. C'était une jupe en cuir, moulante. Petite pute. Elle l'a frôlée. La tête lui tourne un peu. Le ventre vide.

De nouveau un courant d'air et un tourbillon de moutons morts autour d'elle. Après trente secondes de récupération, le regard tristement fixe, la faucheuse reprend sa route. Un peu plus lasse, un peu plus affaiblie, un peu plus fragile.

Combien de temps vais-je tenir ?

Vais-je tenir ?

Des questions que tout le monde se pose un jour ou l'autre.

14

Césaria a raclé la cire froide avec la pointe d'un couteau. À la place des bougies, elle a planté deux cierges blancs, immaculés, donnant à la table de chevet des allures d'autel. Dans le jour finissant, la lueur qu'ils distillent prend de plus en plus d'importance. Clovis regarde leur flamme immobile.

— Où est-ce que t'as déniché ça ?

— Quoi ? fait Césaria.

— Les cierges.

— À l'église du village. J'en ai fait brûler un sur place, aussi. Et j'ai fait un vœu…

Clovis ne demande pas lequel. Mais Césaria a trop attendu la fin du silence pour le laisser se réinstaller aussi rapidement.

— C'est une jolie petite église, enchaîne-t-elle. Juste à côté, il y a un tombeau, avec une plaque de marbre et une inscription gravée dessus : ce sont des vers de Lamartine. Tu connais ?

— Non, dit Clovis en fixant de nouveau les flammes.

— C'était un poète, dit Césaria. Alphonse, ou Alfred, je sais plus. Il est mort y a longtemps. Le curé de cette église était son ami. C'est lui, le curé, qui est enterré dans le tombeau. Et c'est lui qui avait inspiré à Lamartine un de ses poèmes les plus célèbres. « Jocelyn », ça s'appelle.

Césaria est à demi allongée sur le lit, Clovis est assis sur une espèce de grand fauteuil en osier, face à elle, le dos tourné au soir qui descend. Césaria a du mal à distinguer ses traits. Elle hésite un court instant, puis décide que son histoire l'intéresse. Elle poursuit :

— Jocelyn aimait Laurence. Laurence aimait Jocelyn. Ils ont vécu deux ans ensemble, dans une grotte, en haut d'une montagne. Tout seuls, tous les deux, complètement isolés du reste du monde. Ils se cachaient, tu comprends. Ils étaient poursuivis. Ils risquaient leur vie s'ils se faisaient prendre. Mais ils s'en foutaient. Ils s'aimaient et ils étaient heureux. Pour boire, ils avaient l'eau des torrents. Pour manger, ils chassaient, ils pêchaient, ils cueillaient des fruits dans les arbres. Pour tout le reste, ils avaient leur amour… Il ne leur manquait rien.

« Laurence et Jocelyn s'aimaient. Ils s'aimaient à la folie, ils s'aimaient à en crever… et pourtant ils ne se sont jamais touchés ! Jamais ! Tout seuls, dans leur grotte, pendant deux années, et pas même un baiser entre eux ! Et tu sais pourquoi ? Parce que Laurence était un garçon !… Non. Parce que Laurence était une jeune fille déguisée en garçon. Et Jocelyn ne le savait pas !

Césaria relève la tête, en quête d'un mot, d'un signe, n'importe quoi qui trahirait la surprise ou l'émotion. Le visage de Clovis s'est fondu dans le noir, ses contours à peine marqués dans le rectangle bleu nuit de la fenêtre. Les flammes ne l'atteignent pas. Césaria remarque cependant deux petits éclats durs, qui pourraient être leur reflet dans ses yeux secs. Est aveugle celui qui ne veut pas voir.

— Finalement, dit-elle, on les a forcés à se séparer. Jocelyn est devenu prêtre. Laurence a eu tous les hommes à ses pieds. Elle ne leur a donné que ce qu'elle n'avait pas pu donner à Jocelyn : son corps. Son cœur, elle l'a gardé pour lui. Même éloignés l'un de l'autre, ils s'aimaient encore et toujours. Mais seule la mort les a réunis. On les a enterrés ensemble, au sommet de leur montagne, tout près du ciel…

« Il paraît qu'un berger les a vus réapparaître, un jour, comme des espèces de fantômes. Ils se tenaient par la main. Ils souriaient. Puis ils se sont tournés l'un vers l'autre, ils se sont enlacés, ils se sont fondus l'un dans l'autre. Un seul être ! Un seul amour pour l'éternité ! C'est vrai, Clovis, c'est vrai ! Le berger était témoin !

Sa dernière phrase résonne encore dans la pièce. Des ondes vibrantes et exaltées qui s'évanouissent progressivement, comme le ravissement dans ses yeux. Son doigt, un instant pointé vers les airs, retombe lentement sur le drap tiède.

L'histoire est terminée. Le symbole est clair. Césaria ne peut plus rien faire d'autre qu'espérer qu'il comprenne, et qu'il se manifeste. Mais sans l'infime sifflement que produisent les narines de Clovis, elle pourrait croire qu'elle fait face à un mannequin, un corps empaillé, un bijou de taxidermie sans plus de vie que le fauteuil où il repose.

Le silence se prolonge. Peut-être qu'il s'est rendormi ? Ce serait déjà bien : avoir bercé son amour d'une belle histoire d'amour... Césaria se fait à cette idée. Elle sursaute presque en entendant la voix jaillir de l'ombre :

— Comment tu sais tout ça, toi ? demande Clovis.

Césaria hésite. Elle aimerait lui répondre qu'elle sait, c'est tout. Elle lui dit la vérité.

— Il y avait un prospectus à l'épicerie. Je l'ai lu. Et puis, j'ai discuté un peu avec l'épicière. Elle connaissait toute l'histoire.

— Tu as parlé avec l'épicière ?

Une gentille petite vieille, qui lui a dit : « Bonjour madame, au revoir madame. »

— C'est pour ça que tu as été si longue ? fait Clovis.

La première heure de son absence, il aurait prié à genoux sur la braise pour qu'elle ne revînt jamais. Mais la deuxième heure, déjà, il guettait ses pas ; l'angoisse s'attachait à lui comme un lierre. La troisième heure, il l'avait passée à écouter la litanie plaintive et lancinante des « Césaria... Césaria... » que son cerveau laissait s'écouler au même rythme que ses pulsations cardiaques.

Dans l'esprit de Césaria, il ne peut y avoir que cette dernière heure. « Je lui ai manqué ! » elle se dit. Ses mains posées à plat se referment soudain, agrippent le drap, le froissent, le serrent comme s'il était cette boule de joie qu'elle cherche à comprimer et à retenir en elle. « Je lui ai manqué ! »

Elle doit produire un réel effort pour conserver un ton calme et détaché :

— Au retour, je me suis un peu baladée, explique-t-elle. J'ai marché dans la campagne. Il y avait des vaches, une bonne douzaine, dans un pré. Je les ai regardées un moment. Je crois bien que c'est la première fois de ma vie que je vois des vaches, en vrai.

Elle semble réfléchir, puis conclut dans un murmure :

— Je crois que c'est la première fois de ma vie que je marche dans la campagne…

La lune blafarde vient d'apparaître dans l'angle supérieur de la fenêtre. Lointaine, hautaine. Au bout d'un moment, le fauteuil craque. L'ombre bouge. Mais Clovis a tout juste le temps d'esquisser le geste de se lever. Césaria est déjà au bord du lit.

— Attends…

— Non ! fait Clovis. Ça va. Je vais juste pisser !

Césaria ne bouge plus. Sous le coup de la déception, ses épaules s'affaissent. Elle le regarde qui se dresse en s'appuyant aux accoudoirs, qui s'éloigne en traînant la jambe droite comme un boulet. Elle se mord la lèvre. Si ça ne tenait qu'à elle, elle le porterait à bout de bras, elle ferait tomber les murs, elle baisserait son pantalon et tiendrait sa queue au-dessus de la cuvette !

Lorsqu'il n'est plus dans la pièce, elle se laisse aller sur l'oreiller. Son soupir a failli moucher la flamme des cierges.

Elle repense à eux, pauvres héros, avant la mort et l'amour immortel. Elle se console en songeant que Jocelyn avait au moins Dieu — Laurence, que lui restait-il pour combler tout le vide de son absence ?

*

Césaria lui avait offert du pain et du fromage, de la charcuterie et des fruits. Et le vin le plus cher qu'elle avait pu trouver. Il avait bu à même le goulot et elle avait fait pareil, après lui, juste pour poser ses lèvres où il avait posé les siennes.

Elle lui avait proposé du thé, qu'il avait refusé d'un signe de tête. Alors elle avait soufflé sur sa propre tasse en le regardant picorer les miettes tombées sur le drap.

Après manger, Clovis s'était senti mieux. Il s'était levé. Un pas, deux pas. Sa blessure le tiraillait mais c'était plus que supportable. Césaria se tenait à ses côtés, attentive, inquiète, mais fière. Fière, elle était.

Elle lui avait fait faire le tour du propriétaire. Elle poussait les portes devant lui et annonçait « La cuisine-salle à manger », « La chambre », « La salle de bains »… C'était à peu près tout : quatre pièces, en comptant la seconde chambre, la plus grande, celle qu'ils occupaient. Partout les murs en pierre épaisse et le plancher en bois.

Le mobilier était simple, rustique. Césaria ouvrait un buffet et lui montrait les assiettes empilées, les verres, les couverts dans le tiroir ; elle ouvrait une armoire et lui montrait les draps et les serviettes posés sur les étagères. « Regarde ! Regarde ! », elle lui disait en souriant de toutes ses dents incroyablement blanches.

Clovis regardait sans rien dire. Tout était en ordre. Dans la salle à manger, il avait passé son doigt sur la toile cirée recouvrant la table : presque pas de poussière. La gazinière était vieille mais elle fonctionnait. L'eau coulait. Les ampoules s'éclairaient lorsqu'il appuyait sur les interrupteurs…

Clovis ne faisait que vérifier ce dont il se doutait déjà, ce que Césaria avait toujours su et qu'elle avait balayé d'un revers comme souvent cette mèche sur son front. Un simple détail : la maison n'était pas à l'abandon.

Loin de là. Tout indiquait qu'elle était habitée, sinon souvent, du moins régulièrement. Clovis penchait pour une maison secondaire. Des gens de la ville qui auraient hérité d'un vieil oncle solitaire, oublié. La bonne aubaine. À chaque congé, les citadins venaient y jouer les campagnards, chandails en laine, escargots sur les bas-côtés et petit feu dans la cheminée. Sans frais. Tous les week-ends, peut-être ?… Clovis, durant quelques secondes, avait tenté de se rappeler quel jour ils étaient. Impossible. Un trou dans sa mémoire. Il avait laissé tomber. Dans la maison régnait une odeur qu'il reconnaissait, bien qu'il fût incapable de l'identifier. Cela faisait résonner en lui quelque chose de lointain, de profondément enfoui. Ce n'était pas désagréable.

Outre les quatre pièces principales, il y avait également une sorte de cagibi où se trouvaient un petit tas de bûches, toutes de taille égale, deux bouteilles de butane et trois impers suspendus à des clous plantés dans la cloison : un petit, un moyen, un grand — Clovis avait bien entendu parler d'une certaine « Boucle d'Or », mais c'était une pute de cent vingt kilos qui officiait jadis rue de la Mouchette ; sinon, sûrement qu'il se serait méfié.

L'escalier qui menait au grenier était plus raide qu'une échelle. Dans son état, il n'aurait pas pu y grimper ; de toute façon, il n'y tenait pas. D'après les dires de Césaria, c'était un vaste espace. On y tenait à l'aise, il fallait simplement courber un peu l'échine et éviter quelques poutres traîtresses. La trappe qui y donnait accès était fermée par un loquet rafistolé et noir de rouille.

Après cette visite, Clovis avait pu faire un brin de toilette. Sommaire. L'eau glacée lui coupait le souffle. Césaria attendait derrière la porte, ainsi qu'il le lui avait demandé. Ensuite, elle avait insisté pour lui changer son pansement. Doucement elle avait déroulé la bande, tandis qu'il se tenait debout, appuyé des deux mains au rebord du lavabo. Doucement elle avait soulevé le coton sale, sans ciller, nettoyé le pus et le sang séché, et les filaments qui s'accrochaient à la plaie comme des lambeaux de drapeau blanc à des fils barbelés. Doucement, consciencieusement, elle avait passé l'alcool dessus, appliqué une nouvelle compresse et de nouveau enroulé la bande autour de ses reins. Elle était à genoux. Ses gestes étaient sûrs. Ses doigts frôlaient la peau de Clovis et elle espérait secrètement qu'il n'y avait pas que la douleur qui lui faisait serrer les dents.

Lorsqu'elle avait mordu ses fesses, il l'avait regardée d'une drôle de façon.

Puis Clovis avait tenu à s'habiller et elle lui avait passé des vêtements propres. Après quoi, ils étaient retournés dans la chambre, où elle lui avait installé ce fauteuil, dos à la fenêtre ainsi qu'il le lui avait demandé. Il s'y était assis. Césaria avait pris place sur le lit, en face. Elle aurait voulu savoir broder. Le sexe de Clovis lui manquait. Elle respectait son silence.

Clovis était devenu une silhouette, puis une ombre, à mesure que le soir tombait.

« C'est tout simple, se disait Césaria. C'est tout simple... »

Plus tard, il y avait eu les cierges, l'histoire de Jocelyn, et la lune, et l'envie de pisser.

Le Roi quitta la pièce. La Reine se retrouva seule avec une petite araignée affamée au plafond.

*

Il revient et la découvre assoupie. Et gracieuse, c'est vrai. Il ne comprend toujours pas. Moins de vingt-quatre heures auparavant, il était à deux doigts de l'étrangler. Il avait serré son cou si fort qu'elle en portait encore les stigmates. Si elle s'était débattue, elle serait morte à l'heure qu'il est. Et là, maintenant, à l'heure qu'il est, il serait capable de poser la joue sur son ventre et lui-même de se laisser mourir au rythme de sa respiration...

Il renonce à comprendre. Il se rassoit dans son fauteuil, sans bruit. Il peut attendre longtemps, jusqu'à ce que les cierges s'éteignent, jusqu'à ce que la fumée disparaisse et l'odeur de la fumée également. Et les traces mauves sur la gorge de Césaria. Il peut rester là tout ce qui lui reste de vie, rien qu'à la contempler. Ce sera sa façon à lui de se racheter.

Clovis se sent prêt pour cette longue veille. Derrière lui la fenêtre ouverte, l'haleine tiède de la nuit, sa voix de crapaud. Et puis tout à coup ce bruit étranger qui détourne son attention.

Clovis lève les yeux. Là-haut, ça recommence à bouger. Des pas. La femme ou l'enfant. Il y avait longtemps. Ils ont eu à boire et à manger. On ne les entendait plus. Clovis en était presque arrivé à les oublier. Presque. Du regard il suit les déplacements à travers le plafond, il devine, selon les craquements du bois, les planches qui s'affaissent. Il redoute une nouvelle crise de la femme. Les coups, les cris, les hurlements. Mais non, ça dure moins d'une minute et le bruit cesse. Elle a dû se rasseoir, ou se recoucher. C'était peut-être un rat.

Il n'aime pas cette image devant lui, en lui, celle d'un petit garçon apeuré, blotti contre sa maman, dans le noir.

Lorsque Clovis rabaisse la tête, Césaria a les yeux ouverts, fixés sur lui. Elle est belle et douce et terrifiante. Elle ne dit rien. Le regard de Clovis se trouble, se perd. C'est le moment.

— Je croyais que ce serait facile… dit-il.

Césaria reste muette. Elle attend. Clovis poursuit :

— William Faber était un salaud, un traître. Il m'avait volé ma vie et il devait payer pour ça. C'était juste. Je devais le tuer. Ce serait facile pour moi. Des années et des années de prison. J'étais dur. J'étais blindé. Le cœur blindé. Pas vide, il me restait juste cette chose poisseuse et froide à l'intérieur. Une sorte de rage, sale. Juste ça. William Faber. On ne s'y habitue pas. Je le tuerai et cette chose, cette saleté partira avec. C'est comme ça que ça devait se passer. La seule façon. Une vie pour une vie. Après, je n'aurai plus rien du tout. Vide, complètement vide, mais pur. Tu es un homme, Clovis. Je suis un homme…

Sa voix comme un air de violoncelle, mélancolique et grave, où la nuit prend sa source. Les crapauds boivent, et Césaria.

— … William Faber sait ce qui l'attend. Il sait ce qu'il doit. Il a peur. Il se cache, il se terre, il tremble derrière ses rideaux tirés, derrière ses portes fermées, chaque jour, à chaque instant, sans répit, sans relâche, il surveille, il sursaute à tous les bruits, il sait que le monde est trop petit, où qu'il aille je serai là, il ne dort plus, il ne mange plus, il ne respire plus, il guette…

« Du moins, c'est ce que je croyais. C'est ça que j'imaginais quand je pensais à lui. Une vie de rat apeuré. C'est ça que je voulais. Sa vie libre et insouciante, c'était du bidon, ça ne tenait pas. William Faber n'est pas un homme. William Faber est un lâche !… Mais moi, je ne tremblerai pas. Je serai là, moi, à l'heure, c'est promis. J'ouvrirai sa porte ou sa fenêtre et il me trouvera devant lui, tout près, il verra l'arme dans ma main, il verra sa mort, il saura. William Faber, c'est ton tour, maintenant… Non ! Non ! Il s'affole et il crie, peut-être, il pleure, il tombe à genoux, il supplie. Mais je suis dur, je suis sourd, mon cœur est blindé, par sa faute. Ma main ne tremble pas. Je le regarde en face. Je n'ai plus de pitié, plus rien que cette chose glacée qui me colle au cœur. Qui m'en délivrera ? C'est toi, William Faber, c'est toi qui as mis ça en moi. C'est toi qui le feras partir. Je tire. Je te tue parce que c'est juste, parce que c'est tout ce qu'il me reste, parce que c'est la seule façon. Va te faire foutre, William Faber !

Clovis laisse aller sa tête en arrière et respire, comme s'il voulait capter les dernières fragrances d'un parfum qui va disparaître. Il sent la fièvre qui remonte ; sa gorge sèche. Césaria n'a pas bougé et reçoit sans ciller la lumière des cierges. Sa joue est d'un beau bois clair et verni, sa pupille a les reflets du miel. Ce n'est pas fini.

— Voilà comment ça aurait dû se passer, dit Clovis. C'était simple… Mais quand le moment est venu, quand je l'ai eu en face de moi, juste là, à le toucher, avec mon flingue sur son front, je n'ai pas pu ! Je n'avais qu'à tirer, appuyer sur cette putain de détente et sa cervelle explosait, adieu Dingo, j'enjambe ta carcasse de salaud et je pars, je me retourne même pas, je suis libre, délivré, j'ai fait ce que j'avais à faire, c'est tout… Mais j'ai pas pu ! C'était comme si c'était pas moi, ce type avec le revolver. Moi, j'étais ailleurs, en haut, je survolais et je voyais tout ça, les deux types, le flingue, et je comprenais plus, tout à coup. J'étais paumé. Faber ne criait pas, il chialait pas, il s'était pas jeté à mes pieds pour me supplier, et c'était bizarre d'avoir cette arme dans la main, je ne la sentais pas, c'était pas moi, je regardais de là-haut comme on regarde un film… Et puis il y a eu la femme et le gosse, et ça devenait de plus en plus étrange. Alors j'ai pensé que c'était un rêve, tout ça, seulement un rêve. J'étais toujours en taule, le gardien allait bientôt cogner à la porte et j'allais me réveiller. Il n'y avait rien de vrai, rien qu'un mauvais rêve qui tournait mal !... La vérité c'est que je voulais que ce soit un rêve ! Je ne voulais plus être là ! Fallait que je me tire et que ça finisse ! Un jour, plus tard, je me réveillerai et je sortirai de cette putain de cellule, je serai un homme dur et sans pitié, et je descendrai ce fumier parce que c'est ce qu'un homme doit faire ! Ce que n'importe quel homme ferait !... Mais si jamais c'est pas un rêve, alors, qu'est-ce que ça veut dire ? Faber serait vraiment là devant moi, et je n'aurais même pas le courage de faire disparaître cette petite ordure ? Ça veut dire que je suis comme lui ! Pire que lui ! Je suis un lâche !... C'est ça la vérité !

— La vérité, c'est que William Faber est mort, dit Césaria.

Clovis émet une sorte de rire, bref, mauvais, un rictus maquille ses lèvres. Césaria peut voir les gouttes de sueur luire sur son front comme les étoiles au-dessus.

— La vérité c'est que Dieu a retenu ton bras dit-elle d'une voix qui enfle. Tu étais aveugle et Il t'a ouvert les yeux, et Il t'a montré la voie. "Pardonne !" Il t'a dit. Parce que le pardon est plus fort que la colère, plus fort que la vengeance. Et tu l'as entendu. C'est ainsi que tu as montré ta force : en pardonnant. Et c'est moi que Dieu a choisie pour être l'instrument de ta délivrance ! Il m'a choisie pour ça ! C'est moi qui devais faire couler le sang afin que tes propres mains ne soient pas souillées, qu'elles demeurent pures et blanches et ton âme aussi !

— Non ! dit Clovis. La vérité, c'est que je me suis bien fait baiser ! On s'est tous fait baiser ! Et même ton Dieu s'est laissé posséder ! Personne ne peut lutter contre le vieux !

— Le vieux ?

— Le vieux, oui ! Charles, mon ami, mon second père… Tu ne piges pas, Césaria ? Ou c'est toi qui es aveugle ? Charles Meyer, le parrain du fils de Faber !… Putain, depuis le début il nous mène en bateau, où il veut, comme il veut. On a tous plongé, c'est pas croyable !

Clovis secoue sa lourde tête, les yeux hagards, comme s'il refusait effectivement d'y croire.

Césaria se lève et s'approche de lui. Elle touche son front mouillé, ses tempes. Elle se brûle.

— Clovis…

— La vérité, Césaria ! Qu'est-ce qu'elle t'a dit d'autre, la femme ? J'ai besoin de savoir.

— Clovis, Faber est mort. C'est terminé.

— Elle connaissait le vieux ? Elle le voyait souvent ?

Césaria soupire. Elle passe la main dans les cheveux de Clovis, puis elle s'agenouille et pose la joue sur ses cuisses.

— Mon amour… elle murmure.

Clovis avale péniblement un peu de salive pâteuse. La sueur lui pique les yeux.

— Il faut que je sache, Césaria.

Césaria ferme les paupières et se souvient. Elle aussi avait voulu savoir. C'était le premier jour,

Clovis dormait. Elle était montée au grenier. La femme avait encore des sillons sur ses joues. Mais Césaria était dure et sans pitié. Elle avait posé ses questions, le revolver braqué sur le tricot blanc du môme.

— Elle ne sait pas grand-chose, dit Césaria. Faber et elle étaient mariés depuis quatre ans. Il était gentil avec elle, avec le petit aussi. Bon père, bon mari. Elle savait qu'il avait fait des conneries dans le passé, des choses pas très belles, mais elle avait décidé de fermer les yeux. C'était un autre homme. Ça faisait des années qu'il s'était rangé.

— Il travaillait ?

— Non. Il disait qu'il avait placé de l'argent, qu'il avait des intérêts dans une affaire qui marchait bien. Ça lui faisait comme une rente. Assez pour voir venir pendant un bon bout de temps. Elle, elle n'a jamais cherché à approfondir. Dans le fond, ça lui plaisait bien qu'il reste à la maison. Ils étaient toujours ensemble, avec le gamin. Simplement, de temps en temps, il s'absentait pendant quelques heures, une matinée, et puis il revenait avec de l'argent, et toujours des cadeaux pour elle et le petit.

— Tu parles ! C'était Charles, cette "affaire" qui marchait bien ! C'est lui qui filait le fric à Faber ! Il achetait son silence !

— Peut-être…

— Sûr ! Et la femme, elle connaissait le vieux ?

— Sans plus. Il leur a rendu visite quelques fois, mais il ne restait jamais longtemps. Faber le lui avait présenté comme un vieil ami de la famille. À la naissance de l'enfant, il a tenu absolument à ce que ce soit lui le parrain.

Clovis a encore une fois ce rire qui se désagrège. Sa bouche prend le goût du moisi. Il revoit le vieux, dans sa chambre de vieux, en train de lui dire : « Oublie, Clovis, oublie ! À quoi ça t'avancera ?... » Et plus tard, sur le palier : « Je vais crever, Clovis ! », avec sa voix de cendres, sa figure de misère. Clovis avait failli flancher, à ce moment-là. Pauvre crétin !

— Il nous a tous baisés ! répète Clovis.

Un frisson le secoue. Césaria saisit sa main glacée et y dépose un baiser qui apaise. Mais Clovis ne sent rien. Clovis n'est plus qu'un esprit touché, hanté, un regard halluciné de vaudou, sa lucidité frise la transe.

— Des marionnettes... souffle-t-il d'une voix rauque. C'est tout ce qu'on était ! Le gang des Mickeys. Le vieux tirait les ficelles, il les lâchait quand il voulait. Mort, Savatini ! Mort, Larosa ! Il avait tout prévu, tout calculé. Presque tout. C'est lui qui avait organisé ce casse. C'est lui qui avait distribué les rôles. Dingo-Faber conduira la bagnole, il nous attendra devant la banque... C'est là qu'il a dû y avoir un pépin. William a dû sentir les flics, ou les repérer, il s'est tiré. Mais il aurait dû y rester aussi ! Crever, comme les autres !... Quant à moi, le vieux m'a fait une petite fleur : dix ans de taule. Faut dire que je lui avais sauvé la peau, quand même. Cette balle perdue devant la banque. Sans moi, il serait mort. Pour me remercier, il m'a balancé aux flics ! Qui d'autre que lui savait où je me planquais ? Si vite !

Il était sûr que je ne parlerais pas. Charles Meyer, c'était mon ami, mon père. Un fils ne donne pas son père. Un fils a toute confiance en son père. Tout ce que j'ai appris, plus tard, quand j'étais derrière les barreaux, c'est par lui que je l'ai appris. Tout. J'y croyais. Je n'ai jamais douté. La parole du père. Et tout était faux ! Mensonges ! Mensonges ! Sa soi-disant enquête sur Faber, cette histoire de drogue, le chantage des flics et Faber qui nous donne pour s'en sortir. Bidon, tout ça ! Mensonges !... Faber avait compris, lui. Il avait pigé que le traître, la balance, c'était Charles et personne d'autre. Il a dû retourner le voir, après, et il l'a fait cracher. Du fric et je la boucle, secret, personne saura. Le vieux était bien trop lâche pour le buter. Et puis pourquoi prendre un tel risque ? Puisque j'étais là, moi ! Pendant dix ans, il m'a fait avaler ce qu'il voulait. Pendant dix ans, il m'a monté contre Faber, patiemment, avec ruse. Son seul but était que je tue Faber en sortant. Il savait que je ne pourrais pas faire autrement. Il a bien gardé ma haine au chaud, ça oui, et le flingue, et la bagnole, et même un peu de pognon, tout ce qu'il fallait pour que j'aille droit au but : supprimer Faber. Éliminer cette petite sangsue qui lui pompait son fric. Et puis surtout, éliminer le dernier témoin gênant, la dernière personne qui savait !... Et le pire, c'est que ça a marché ! Il a réussi !

Césaria entoure de ses bras les cuisses de Clovis et serre de toutes ses forces. Tout ce qu'elle veut, c'est qu'il cesse de trembler. Le vieux, Faber, le fric, la mort : elle s'en fout. L'amour, uniquement. Son amour. Soulager sa peine et sa souffrance. Balayer les ombres. Laver, javéliser, purifier son esprit, chasser les fantômes qui le hantent, les démons, insectes, alligators, tout ce qui rampe et mord. Exorciser. Éponger sa sueur, son sang et sa semence. Faire que ses halètements ne soient plus que jouissance, sa fièvre du désir. Faire que son silence soit le silence paisible et doux, le silence comblé, le silence éblouissant d'après l'amour. Faire que ses yeux brillent. Faire que l'avenir soit un champ de tournesols, qu'il soit comme un immense panneau publicitaire au bord de la route, plein de couleurs et d'espoir. Faire que l'avenir soit roi. Faire qu'il soit !

— Si Faber est innocent, murmure-t-elle, pourquoi il se serait jeté sur toi ? Pourquoi il aurait essayé de te tuer ?

— Réflexe… La peur que je comprenne, que je revienne. La peur que je foute en l'air tous ses plans… Ce fric que lui filait le vieux. La… la peur que…

Clovis a le souffle court. Il voudrait parler encore, pour lui-même, dire tout haut l'immonde et l'implacable, se l'enfoncer dans le crâne à coups de mots acérés. Mais la fièvre l'a submergé. Sa langue a pris des proportions gigantesques dans sa bouche asséchée. Sa voix prend les accents du délire. Sons indistincts, hachés, spasmes brefs… Il voudrait dire combien Charles lui avait manqué pendant toutes ces années ! Combien il fut difficile de ne pas se jeter dans ses bras, et serrer contre lui son corps rabougri, caresser ses rides, ses cheveux gris qui partaient en lambeaux, combien il fut tenté et combien il dut se faire violence pour ne pas céder, pour résister, fermer son cœur, ses yeux, ses sens, ô combien il dut se faire violence afin de conserver la violence en lui, compacte, intacte, et la faire exploser à la gueule de Faber le damné ! Il voudrait dire…

Mais sa vue se trouble, les images se déforment, tout est faussé encore, toujours, les flammes des cierges lèchent le plafond et sa tête est une corolle trop lourde pour la tige de son cou. Des doigts le frôlent, des pattes de mouche sur sa poitrine, sa chemise tombe mollement sur le sol, ailes froissées qui se ratatinent. Clovis est tiré, soulevé, il s'écroule mais on le retient, du tissu craque avec un bruit de branche et deux pommes rondes jaillissent devant son nez, deux seins, deux tétons rose-brun, il voudrait les saisir, s'en remplir la bouche, mais sa bouche est remplie de poussière de craie qui l'étouffe. Enfin on le lâche, il tombe, sa face s'écrase et s'enfonce dans un épais néant blanc. Puis noir.

Césaria reprend sa respiration, courbée au-dessus du corps sans connaissance. Les pans de sa robe déchirée flottent devant elle. Elle est nue jusqu'à la taille. Sa poitrine se soulève par saccades. Une perle roule entre ses seins. Sa peau luit. Elle regarde le dos de Clovis, large, et nu aussi.

« Viens ! »

Clovis se préparait à veiller sur son sommeil, mais ce sera elle, encore une fois. Autant de fois qu'il le faudra. Dieu l'a choisie. Il a pointé son doigt sur elle. Entre toutes et tous. Il lui a fait ce don. Dévouée et fidèle, Césaria. Elle embrasse la petite croix au bout de sa chaîne, où pend également la chevalière en or, gravée.

« Viens ! ».

Ce ne peut pas être Clovis, et pourtant elle entend distinctement la voix. Un murmure. Un appel. Elle ne s'en étonne pas. Elle est calme, à présent. Elle est sereine. La nuit recommence à couler doucement. Le chant des crapauds. Le chant des étoiles. La voix. Pressante.

Césaria se couche de tout son long sur le dos de Clovis. De tout son poids. Sa peau nue contre la peau nue de son amour. L'huile de leur corps. Elle aime ça. Elle sait maintenant qu'elle sera son épouse. Elle s'enfoncera davantage en lui, et lui en elle. Et Dieu les maintiendra serrés entre ses bras puissants et chauds, afin que nul ne puisse jamais plus les séparer.

15

Quatrième jour. Vers la fin de l'après-midi, le ciel s'est retourné. En quelques secondes. Il a montré ce qu'il y avait de l'autre côté, ses racines, son fond véritable. C'était noir et grouillant. Inhumain, bien sûr. Il y a eu d'abord un roulement dans le lointain. Césaria a juste eu le temps de fermer la fenêtre. Les carreaux ont tremblé sous la violence du premier crachat. Des gouttes épaisses comme des cerises, dures comme des noyaux soufflés avec hargne. On se demande ce qu'on a pu faire, quelle faute on a commise. Ça doit dater de très longtemps en arrière, des siècles et des siècles, des millénaires de rancune accumulée, de colère rentrée, macérée, l'humus de l'univers. Parfois ça éclate, ça se décharge un peu pour mieux se régénérer. Est-on seul coupable de tout ?

Césaria est restée quelques instants debout devant la fenêtre, puis elle est retournée s'allonger sur le lit, à côté de Clovis.

La chambre était plongée dans la pénombre, les vitres bouchées par une tenture opaque et fluide, qui bougeait sans bouger, qui n'en finissait pas de dérouler son velours gris écaille. Chaque coup de tonnerre était comme une montagne entière s'écroulant d'un seul bloc. Et puis l'éclair, sa blancheur clinique, électrique, projetant des ombres dures sur les murs. L'espace d'une seconde, la pièce prenait l'aspect et le relief d'une vieille salle d'un vieil hôpital de campagne.

Avec au milieu les deux corps, immobiles et silencieux, sur le lit unique.

Clovis et Césaria avaient sur leur visage le même air grave et presque détaché, contrastant avec la fureur des éléments autour d'eux. Comme si la blancheur de l'éclair ne faisait que se refléter sur leur pupille, sans l'imprégner ; comme si l'écroulement des montagnes faisait vibrer jusqu'aux montants du lit mais laissait inertes leurs tympans. Ils s'étaient fermés, repliés en leurs pensées respectives, et communes sans doute.

Le seul bruit auquel ils semblaient sensibles était celui des pas au plafond.

Toute la nuit l'orage, le déluge. Toute la nuit le bruit des pas au-dessus. Ils n'entendaient que ça.

Et ce n'est qu'à l'aube du cinquième jour, un semblant d'aube, qu'ils se sont mis à parler.

*

Moustique… Dix-sept ou dix-huit ans, petit, sec, nerveux, des coups de ceinturon qu'il avait dû recevoir il gardait cet œil de poule mobile et noir perpétuellement aux aguets. Son regard. Ses pas dans la cellule. Ses pas dehors, à la sortie, aller-retour le long du mur de la prison. Il attendait quoi ? Qui ?

Clovis ne sait même pas son nom. Il pense à lui parce qu'il se fait l'effet d'être exactement semblable à lui, ce matin. Frères d'attente, d'inquiétude, de peur profonde mais inavouable, et inavouée ; frères d'œil noir aux aguets.

Clovis passe et repasse devant la table de la cuisine-salle à manger. Sa jambe droite le freine. Quand la douleur se fait trop vive, il est obligé de s'asseoir. Il tire une chaise, il enfonce l'ongle de son index dans la toile cirée, machinalement, grave un trait, une petite barre, comme celui qui fait le décompte des jours, des mois, des années, sur le mur rugueux de sa geôle. Il regarde par la fenêtre. Les volets sont ouverts.

Personne n'est venu. Rien qui ressemblait, de près ni de loin, à une lueur d'espoir. Moustique s'en est allé tout seul avec son sac de sport sur l'épaule. S'en est allé tout droit vers d'autres murs, d'autres prisons. Un jour, malgré son œil sans cesse aux aguets, il ne verra pas le coup venir. Le plus rude, le dernier. Qu'est-ce que c'est que ça ? se demandera le vieux maton intrigué en se penchant sur le parterre du réfectoire. Ça, c'est pas grand-chose, c'est rien, une tache, une petite étoile de sang qui brille même pas. Un moustique écrasé, chef. Un petit coup de serpillière fera l'affaire…

Il n'y aura plus que la mémoire de Clovis — croyait-il sincèrement pouvoir oublier ? Il pense à lui, ce matin. Il croit sentir encore, au creux de sa propre main, cette main minuscule qu'il n'avait pas osé serrer trop fort. Petit frère.

« Bon, ben… salut ! », il avait dit.

D'où vient le salut ?

Clovis se lève une nouvelle fois. Dehors l'orage a passé, le gros de la colère, reste une petite pluie fine et régulière, de celles qui peuvent durer indéfiniment. La cour est jonchée d'immenses flaques. La lumière est belle, claire. Clovis longe des yeux le petit muret qui tient lieu de rempart, sur le côté. Il fut un temps où des chats maigres devaient venir s'y étirer voluptueusement en plein soleil. Un temps de paix. La moitié des pierres, aujourd'hui, manquent à l'appel. On a dû s'en servir pour lapider. L'autre moitié sera lentement rongée par cette mousse bleuâtre qui la recouvre.

Le muret se termine par une espèce de colonne, guère plus haute mais un peu moins délabrée. Au milieu de cette colonne, une niche est creusée, laquelle abrite une petite statue de la Vierge en céramique. Du bleu, du blanc, un soupçon de rose pâle sur ses joues. Sainte Marie, Mère de Dieu. Ce n'est pas la pluie qui pourra effacer son beau demi-sourire, plein de douceur et de compassion. Clovis sait maintenant pourquoi Césaria a choisi cette maison-là précisément.

Sa jambe se fait lourde mais il résiste, il reste là, il regarde au bout de la cour, pas de portail, le chemin boueux qui s'éloigne et disparaît derrière deux troncs de chênes entrelacés. Toujours rien. Il attend comme Moustique attendait. Le salut viendra de là. De derrière les chênes. Du chemin boueux. Son salut. Césaria. Il n'a plus qu'elle. Il n'a peut-être jamais eu qu'elle. Et si elle ne revenait pas ?

Il ne peut pas empêcher son cœur de s'affoler. Il écrase son front contre la vitre. La Vierge regarde ailleurs. Il y a plus de trois heures qu'elle est partie. Trois heures !

Clovis ferme les yeux. C'est un scalpel qui lui incise la chair du bas des reins jusqu'au talon. Il tient. Debout. Il rêve qu'il ouvre les yeux et qu'elle est là, sous la pluie, devant le portail qui n'existe pas. Il rêve. Il ouvre les yeux et, oubliant sa jambe, se jette soudain sur le côté, le dos plaqué contre le mur.

Césaria.

Les ongles de Clovis s'enfoncent dans la pierre. Il retient un cri. C'est le contrecoup, la douleur, et peut-être la joie, le soulagement. Elle ne l'a pas vu. Il ne faut pas. Elle venait juste de déboucher, son visage était tourné vers la Vierge, elles échangeaient leur demi-sourire, leur regard, douceur et compassion, et, devant celui de Césaria, un léger voile, un imperceptible voile de condescendance.

Clovis risque un œil à travers le carreau. Elle marche, aérienne, pleine de grâce, dans les flaques et la boue comme dans les allées d'un jardin japonais. Elle a déniché quelque part un vieux parapluie sans couleur… *ombrelle, geisha, petit air gai clinquant, Tea for two et le bruit des gouttes*… Oh ! ta tête, Clovis, ta pauvre tête !… *Césaria marche, Césaria geisha de nacre dans la cour et sur le couvercle laqué noir, Charles qui la pose sur la table, Charles qui les regarde, la vitre ruisselante et la boîte à musique sous le plafonnier, brillante, two for tea, Césaria de nacre incrustée dans la boue, les flaques, me for you, Charles qui pose ses doigts, Charles qui l'ouvre, elle marche, musique, aérienne, à l'intérieur sur le velours rouge une pluie de diamants qui étincelle, les gouttes sur la vitre, Charles qui rit, and you for me, Charles qui danse, Césaria qui marche au-dessus des diamants, sur le couvercle noir la laque, ses talons dans les flaques, son ombrelle, le chapeau de Charles en l'air, on est riches, pleine de grâce, elle ouvre la porte, Charles pose ses doigts, Charles la ferme, plus de musique, la porte claque…*

— C'est moi ! dit Césaria.

Clovis sursaute et se retourne. Regard hébété autour de lui, étonné de ne pas trouver Charles et les autres, et sur la table pas de boîte à musique remplie de diamants étincelant sous l'ampoule nue d'un plafonnier.

— Ça va ? demande Césaria.

Clovis pris en faute. Il se reprend.

— Ça va, dit-il en se laissant tomber sur la chaise.

La nuée, l'explosion d'images et de sons, se délite. Le parapluie replié s'égoutte sur le plancher. Césaria s'approche avec son cabas, le dépose sur la table.

— Tu t'es rasé ? fait-elle.

— Alors ? demande Clovis.

Sa voix est friable comme un reliquat de plâtre. Deux cierges blancs et une bouteille de vin rouge dépassent du cabas. Césaria commence à sortir les provisions.

— J'ai fait comme on avait dit, dit-elle.

— Tu as appelé ?

— Oui.

— Tu l'as eu ?

Césaria sourit.

— Il a décroché avant la fin de la première sonnerie, comme s'il attendait avec la main sur le téléphone !

Clovis émet un grognement rauque, indistinct.

— Il le savait ! dit-il.

— Il doit déjà sentir les flammes de l'Enfer lui chatouiller la plante des pieds, dit Césaria.

Elle lance un journal sur la toile cirée.

— Tiens, dit-elle. Tu peux regarder : il n'y a rien. Pas un mot là-dessus. Ils n'ont encore rien découvert.

Clovis jette un œil sur le journal, sans l'ouvrir.

— Alors ? répète-t-il.

— Il le fera, dit Césaria. Il fera tout ce qu'on lui demande.

— Faudra se méfier. Il est plus fort que ce que tu crois.

— Non. Il crève de trouille !

Clovis laisse de nouveau échapper un son rauque et bref.

— Qu'est-ce qu'il t'a dit, exactement ?

Césaria saisit la bouteille par le goulot et la sort du sac.

— D'ici ce soir, vingt heures, William Faber aura complètement disparu de la surface de la terre. Plus de corps, plus de traces, plus rien !... Je suppose qu'avec beaucoup d'argent on peut faire des miracles.

— Il ne t'a pas demandé qui tu étais ? Il ne

t'a pas demandé pourquoi ce n'est pas moi qui appelais ?

— Si. J'ai dit que toi et moi, on ne faisait qu'un. J'ai dit que j'étais ta femme.

Elle s'est arrêtée, geste en suspens. Elle scrute son visage. Clovis a pâli. Au bout de quelques secondes, Césaria laisse éclater son rire. Mais, lorsqu'elle se rend compte que ce rire fait mal à Clovis, elle cesse. Elle a envie de glisser sa main sous son menton afin de lui relever doucement la tête. Elle a envie de passer son pouce sur ses lèvres.

— J'aurais bien aimé dire ça… fait-elle.

Clovis reste muet, les yeux rivés sur la petite flaque qui s'est formée sous le parapluie. Le bois absorbe l'eau. Tout disparaîtra. Plus aucune trace.

Césaria tire une chaise et s'assoit face à lui. Elle se penche.

— J'ai tué pour toi, Clovis, dit-elle d'un ton simple et doux. Je ne regrette pas. C'était pour toi. S'il faut le faire encore, je le ferai. Pour toi. Une fois, deux fois, trois fois, autant qu'il le faudra. Autant que tu voudras. Tu n'auras qu'un signe à faire, demander. Non ! Tu n'auras même pas besoin de demander : je saurai !… Regarde-moi. On est libres maintenant, Clovis ! Le vieux va nous débarrasser de Faber, définitivement. Il le fera. Plus personne ne se rappellera que William Faber a existé. Et puis ce sera au tour du vieux. Il crèvera, lui aussi. Bientôt. Il te l'a dit. C'est vrai. Je sais que c'est vrai.

— Je serai le dernier… souffle Clovis.

— Oui ! dit Césaria. Toi et moi. Et les derniers

seront les premiers ! Si tu le veux. On peut rester ici, Clovis, dans cette maison. Notre royaume. On fera du feu. On marchera dans les prés, dans les bois. Tu n'as même pas encore vu le champ de tournesols. Il est à toi, si tu le veux. Tout est à toi. Si tu le veux, on partira. Loin. À l'autre bout du monde. Si tu préfères. Sur un bateau, sur une île, sur une montagne, et cette montagne sera à toi. Qu'est-ce ce qui nous retient ? On est libres !

— Pas encore, dit Clovis. Tu oublies la femme et le…

— Je n'oublie personne ! dit Césaria.

Clovis lève la tête et voit l'éclat dur et noir de ses pupilles. Et frissonne. Césaria se penche encore un peu.

— Tu ne comprends pas, mon amour ? chuchote-t-elle. J'ai tué pour toi… Mais ce n'est rien. Je tuerai encore. Bien sûr. N'importe quelle femme ferait ça pour l'homme qu'elle aime. Je tuerai tous ceux qui voudront te faire du mal. Tous. Je les tuerai et je mangerai leurs cadavres, si ça peut te rassurer. Si tu as peur qu'on les retrouve…

Elle a posé sa main sur le genou de Clovis. Imperceptiblement, celui-ci se recule. Les barreaux du dossier s'incrustent dans la chair de son dos.

— C'est toi qui me fais peur, Césaria… murmure-t-il.

Alors l'éclat dur disparaît, cède la place à l'incompréhension, puis la peine, quelque chose comme un effroyable sentiment d'injustice, l'iris s'humidifie. Césaria tombe à genoux, sa chaise se renverse et heurte le sol avec fracas, le bruit fait sursauter Clovis mais Césaria ne l'entend pas, elle saisit les mains de Clovis et les broie entre les siennes.

— Moi ?... Moi, je te fais peur ?... balbutie-t-elle. Mais... Mais... Regarde ! fait-elle en se redressant brusquement. Regarde ! Je t'ai apporté du vin ! Et des fruits ! Et de la viande ! Tout ça, c'est pour toi !... Et j'ai pris deux nouveaux cierges, aussi ! Pour toi ! J'ai prié pour toi ! J'étais seule dans l'église. Et j'ai fait encore le vœu, toujours le même, que Dieu me laisse te protéger, qu'il t'abandonne à moi et me laisse seule veiller sur toi !

Clovis se lève, sans un mot. Il retourne à la fenêtre et regarde sans les voir les flaques verdâtres dans la cour, le petit muret et le bout de chemin qui meurt au pied des chênes.

— Attends !... Attends !... fait Césaria dans son dos.

Elle s'agite. Ses pieds, ses mains s'agitent. Elle cherche. Elle va jusqu'à l'évier. Elle ouvre un placard.

— On va boire, tu veux ? On va boire le vin. Il faut fêter ça ! On est libres ! Je veux que tu sois gai !... Tiens ! Ouvre la bouteille, Clovis. Buvons !... Tiens, Clovis... Clovis... Clovis...

Elle supplie. Clovis se retourne lentement. Elle est là, devant lui, les yeux remplis d'espoir et d'angoisse. Une larme. Dans sa main qui tremble un peu, deux verres transparents s'entrechoquent légèrement. Petit air télégraphié. Message codé. Dans son autre main le vin, le vin rouge qu'elle lui a apporté et qu'elle lui offre.

Il n'a peut-être jamais eu qu'elle.

Clovis fait un pas. Il passe les bras autour de ses épaules et l'attire contre lui en se vidant d'un long soupir. Césaria enfouit son visage. Elle pleure. C'est la première fois. Clovis met sa bouche tout près de son oreille.

— On est libres… murmure-t-il.

Césaria voit passer un fantôme sur l'écran de ses yeux clos. Un vieux capitaine à pull rayé. Il avait les mêmes mots, il avait la même voix.

16

Il a joui dans sa bouche. Il a joui en elle. En lui. Ça s'est fait très vite, comme éclate un ciel d'orage, comme tout ce qui est trop sombre et trop chargé. Après les larmes. Peut-être à cause de ça. Clovis respirait sa nuque, c'était tiède et douillet, avec encore un peu du parfum de la pluie dans ses cheveux. Césaria sentait son haleine, elle entendait la voix, elle pensait à la barbe rugueuse du capitaine qu'elle n'avait jamais pu caresser, elle se blottissait quitte à lui traverser le corps, elle ne voulait plus le perdre. Les gouttes marquaient le temps sur le rebord de la fenêtre. De longues secondes glissaient sans bruit le long des carreaux. Quand elle a relevé la tête, il bandait déjà. C'était comme une brûlure contre son ventre à elle, à lui, à travers le fin tissu de la robe. Ses yeux étaient rougis et presque étonnés. Ensuite, il a regardé sa bouche, ses lèvres grasses, gorgées, où le rouge débordait. Il a eu envie de mordre à son tour. Il a eu envie de manger, de boire, d'avaler tout ce rouge flamboyant. Il tenait son visage sous les joues comme une coupe pleine. Il a rentré sa langue entre les dents. Elle entendait toujours la voix, elle n'a pas cessé de l'entendre tout le temps que ça a duré. Elle a lâché les verres et la bouteille a éclaté sur le plancher dans une mare de sang grenat. Ils ont dansé comme se battent les marins ivres. Empoignés, une danse sauvage, sans rythme, sans autre musique que leurs grognements pathétiques et leurs soupirs féroces. Clovis montrait ses dents et les plantait dans le rouge. Sa jambe et ses reins le harcelaient, mais toutes les douleurs, toutes les lames et tous les feux convergeaient et se pressaient au sommet de son sexe érigé. Et Césaria pouvait en sentir la brûlure contre son ventre. Ils ont dansé, ils se sont cognés à la table, aux chaises, aux murs, ils se sont écroulés sur le lit comme les marins ivres dans la sciure des bars des ports. Vêtements en lambeaux, il a enfin goûté ses seins, ils ont rempli sa bouche et ses mains sans les rassasier. Césaria a refermé ses doigts sur la brûlure. Elle entendait la voix. Elle pouvait compter les pulsations du cœur le long du sexe sous ses doigts. Elle l'a pris dans sa bouche, entre ses lèvres rouges, ses mains crochetées tirant sur la bande blanche ceignant les reins de Clovis. Ses reins saignaient, il a joui jusqu'au fond de sa gorge mais ça ne suffisait pas. Césaria s'est envolée, soulevée, Césaria est retombée comme une masse la figure dans la sciure des draps. Elle a tendu ses bras et tendu ses reins. Clovis a craché dans sa main, une salive épaisse au bout de ses doigts, un filet blanc pendait sous son menton. Césaria s'est ouverte en deux. La voix dans sa tête et le drap rugueux comme une barbe de capitaine. Elle a senti la brûlure au plus profond de son être, irradiant jusqu'à la moindre infime parcelle de son être. Longtemps, longtemps. Creusée, fouaillée et comblée dans le même temps. Elle croyait savoir mais elle ignorait tout jusqu'à ce jour. Elle découvrait. Être remplie, hantée, envahie, anéantie quand le néant est un lac de plénitude au sommet d'un volcan. Elle eut envie de mourir sous la violence des coups. Crever sublime. Crever entière, intégrale et intense. Et Clovis s'acharnait à l'achever. Clovis et son sexe, et sa douleur, et son désir, et sa rage qu'il enfonçait en elle, en lui, qu'il défonçait dans un bain de vapeur de salive et de sueur. Les hanches de Césaria glissaient entre ses doigts, il les rattrapait et plongeait de nouveau, poussait, s'abîmait, toujours plus loin entre les reins de Césaria. Quand sa jambe s'est dérobée, il est tombé sur elle, brut, il a couvert son corps sans s'arrêter. Il empoignait ses épaules et tirait vers l'arrière comme s'il voulait la briser en deux, elle qui était ouverte, fendue, offerte, elle adorait cette puissance et la prenait en elle, elle a poussé sur ses bras tendus et elle a décollé, elle l'a soulevé, elle le portait sur son dos vers le haut, vers le ciel, le sommet du volcan, le lac, le néant. Dans les derniers instants, ils ne touchaient plus terre. Ils ont volé ensemble, fauves célestes et délestés, dans l'inconscience pure, les corps tendus à rompre. Il a joui et la lave en fusion s'est mêlée directement à son sang à elle, à lui, à la moelle de ses os, aux eaux déchaînées de ses nerfs. Elle pouvait toucher la voix rugueuse, Césaria. Elle était tout près, tout près…

Puis ils sont retombés. En travers, les bras en croix, comme tous les marins ivres, morts, finissent par le faire.

*

Clovis a rouvert les yeux. Il fixe le plafond. Son regard est luisant. Il respire calmement et profondément, et le matelas, sous lui, épouse parfaitement ce rythme.

Il écoute. Puis il sourit. Il y avait si longtemps qu'il ne percevait plus le bruit des gouttes. Le bruit réel. La musique complexe et nuancée de la pluie qui tombe. À présent, il peut. Comme avant. C'est comme si ses oreilles s'étaient subitement débouchées, crevé le voile spongieux qui obstruait ses tympans. Il se réveille. Il réapprend. Il écoute un long moment puis tourne la tête vers Césaria.

Elle est allongée sur le ventre, le visage tourné de l'autre côté, vers la fenêtre. Elle est nue jusqu'aux mollets comme un bourgeon éclos entre les pétales fanés de sa robe. Clovis peut sentir, également, il peut voir, il peut goûter. La peau de Césaria a des reflets mordorés qu'il ignorait jusque-là. Son cul a des courbes plus douces qu'un paysage enneigé. Soudain les mains de Clovis en sont pleines et sa langue est saisie du goût salé de ses seins. Pourtant, Clovis n'a pas bougé.

Son sourire s'accentue. Il croise les mains sous sa nuque et se remet à fixer le plafond. Ou audelà.

Posséder Césaria. C'était la seule façon d'exorciser la peur qu'elle lui inspirait. Pénétrer en elle, en lui. Son dernier ennemi. Son dernier combat. Sa dernière victoire. Maintenant, Clovis est fort. Tu es un homme, Clovis. Je suis un homme. Il écoute tomber la pluie avec ravissement. Il peut saisir la vie, sans filtre, dans toutes ses dimensions. Maintenant seulement il est libre. Je ne te parle pas de bonheur, Césaria. Je te parle simplement de quiétude, de sérénité. De paix. De paix, Césaria, tu comprends ?

— Demain… souffle Clovis (jusqu'au timbre de sa voix qu'il redécouvre). Demain matin, on s'en ira. On part. Tous les deux.

Césaria ne dit rien. Elle se recroqueville, remonte ses genoux vers son ventre pour bien garder tout ça au chaud.

Dans un coin du plafond, un moucheron s'est pris au piège d'une toile. Il se débat. Clovis peut capter les mouvements frénétiques et désespérés de ses ailes. Absolument désespérés. Clovis regarde l'araignée qui se précipite vers sa proie.

Clovis sourit.

Maintenant, sans doute, il peut aimer.

17

Vingt heures dix, le même jour. Un jour d'été, de pluie fine et monotone. Césaria sort de la douche. Elle se sèche, puis s'habille, retrouvant avec plaisir ses propres vêtements, qu'elle a lavés avec un pain de savon de Marseille. Jupe orange et haut vert pomme, arachnéen. C'est ainsi que Clovis l'avait enlevée. Elle pense que ça lui portera bonheur. Elle aimerait mettre des bas mais ce n'est pas la saison, et de toute façon elle n'en a pas sous la main. Elle se maquille avec soin, en prenant tout son temps. Les quatre coins de la glace sont ébréchés. Elle arrange encore une mèche, ajuste ses boucles d'oreilles. Elle se regarde. Elle est prête. Elle murmure : « Césaria... », puis elle quitte la salle de bains.

Elle s'arrête au seuil de la salle à manger, dans l'encadrement de la porte. Clovis est en train d'allumer la mèche du second cierge. Il lève les yeux sur elle. Il souffle sur le bout de ses doigts et l'allumette s'éteint.

— Voilà, dit-il.

Sourire retenu. Césaria s'avance lentement. Elle

fait le tour de la table en effleurant de la main le dossier des chaises. Ce n'est pas comme elle l'imaginait. C'est beaucoup mieux. Deux assiettes blanches, deux couverts, le pain coupé en tranches, les serviettes à carreaux pliées, les cierges de chaque côté qui donnent à la toile cirée comme un reflet de bois précieux.

« Il faut fêter ça ! » avait dit Césaria.

Manque le vin, mais l'unique bouteille s'est brisée naguère ; le sang du Christ est une large tache qui vire au gris sur le plancher. Qu'importe, ils fermeront les yeux et l'eau sera changée en or pourpre. Ils peuvent le faire.

Césaria frôle la joue de Clovis. Elle ouvre la bouche, puis la referme. Sa poitrine est comprimée. C'est beaucoup d'un seul coup. Son regard se trouble, elle se détourne et fait quelques pas vers la fenêtre en respirant fort.

— J'espère que tu as faim, dit Clovis au bout d'un moment.

Il porte une chemise bleu ciel qu'il a ôtée de son emballage celluloïd une demi-heure plus tôt.

Césaria fait oui de la tête.

Clovis se dirige vers l'évier et prend le cabas qu'il a rempli de victuailles.

— Tiens, fait-il. Monte-leur ça. Ce sera fait. Après, on sera tranquilles.

Césaria fait oui de la tête. Elle passe une main sous l'anse et s'éloigne vers l'escalier.

— Césaria !

Elle se retourne. Clovis la rejoint, saisit sa main libre et y dépose le revolver, à plat.

— Tu oublies ça.

Césaria jette un œil sur le flingue. Elle ignore d'où il a pu le sortir, à l'instant.

— Préviens-les, dit Clovis. Dis-leur que c'est leur dernière nuit ici. Plus que quelques heures. Demain ils pourront partir, eux aussi. Ils feront ce qu'ils voudront. Dis-le à la femme.

— Elle nous veut du mal, dit Césaria.

— Je sais, dit Clovis. Je la comprends.

Il tient toujours la main ouverte de Césaria, comme s'il voulait y lire son destin.

— Tu es vraiment sûr de pouvoir conduire ? dit-elle.

Clovis fait oui de la tête.

Dans son dos, Césaria aperçoit la table dressée, les assiettes blanches, les cierges allumés.

— Va, dit Clovis. Je t'attends.

Il lâche sa main. Césaria fait demi-tour. Il la suit du regard jusqu'à ce qu'elle ait disparu dans le renfoncement, au pied de l'escalier.

Vingt heures, trente-six minutes, le même jour.

*

Césaria tire sur le loquet rouillé. Elle est quasiment en équilibre sur une marche. Elle soulève l'abattant de la trappe, à peine, juste de quoi glisser son regard au ras du sol. C'est toujours ainsi qu'elle procède, pour d'abord habituer son œil à la pénombre, et son nez à l'odeur.

Quatre carreaux scellés, épais comme des culs de bouteille, opaques et sales : c'est l'unique source de lumière, située vers le fond du grenier. C'est grisâtre même quand le soleil cogne à l'extérieur.

Césaria scrute cette zone jusqu'à ce qu'apparaisse devant elle la silhouette de l'enfant ; puis son visage, petite tache pâle phosphorescente flottant au milieu de l'obscurité. Quelques mètres les séparent. L'enfant est assis en tailleur sur une couverture et la regarde fixement, sans un mot. Il n'y a que le bruit lancinant des gouttes sur le toit.

Césaria grimpe encore d'un degré, soulève un peu plus haut le lourd panneau de bois et passe sa main munie du revolver par l'ouverture. Puis la moitié de son buste émerge de la trappe. Ça pue, c'est infect. L'odeur âcre des excréments la saisit à la gorge comme des serres de rapace.

Césaria jette un œil sur les côtés, ne voit rien. L'ouverture de la trappe dessine un demi-carré jaune pâle dans la poussière du plancher. Césaria ramène le cabas et le dépose devant elle. Voilà. Elle regarde le gamin assis sur la couverture, son petit corps maigre et voûté. Elle ne dit rien.

Au moment où elle se décide à redescendre, elle perçoit à la fois une ombre dans le carré de lumière et un léger craquement dans son dos. Mais elle n'a pas le temps de se retourner. Le panneau de bois s'abat sur elle avec une telle violence qu'elle en a le souffle coupé. Et tout de suite après un nouveau poids vient s'y ajouter, une masse énorme qui pèse sur elle, qui l'écrase. Devant, c'est le rebord de la trappe qui s'enfonce dans ses côtes, juste sous les seins. La douleur est fulgurante. Césaria perd pied. Elle est coincée et ne touche plus les marches que du bout d'un orteil.

Durant une fraction de seconde, ou une éternité, c'est le noir total.

Elle revient à elle la bouche dans la poussière, avec une forte envie de vomir tout ce que son corps contient. Elle respire difficilement. Elle ne sent plus son bassin ni ses jambes, et la pensée lui vient, éclair, qu'elle a été coupée en deux. Elle relève les yeux et aperçoit ses propres mains posées à plat, exsangues, vides. La masse remue au-dessus d'elle et le bois pénètre un peu plus dans sa chair et ses côtes. Elle manque s'évanouir une seconde fois ; ce qui la retient, c'est le contact du métal sur sa joue et le souffle au creux de son oreille.

La femme doit être allongée de tout son long sur le dos de Césaria. Elle enfonce le canon de l'arme jusqu'à heurter les dents à travers la peau. Puis elle empoigne les cheveux de Césaria et tire sa tête vers l'arrière.

— Dis quelque chose ! Gueule ! Appelle ! Fais-moi ce plaisir !... chuchote-t-elle. Je crève d'envie de faire éclater ta cervelle de malade ! Tu peux pas savoir ! Un mot, un seul, et je le fais !

Elle le fera. Sa voix est un condensé de haine et de rage. Elle tire comme si elle voulait arracher la tête de Césaria. Celle-ci sent son cou s'allonger, se tendre, à la limite de la brisure. Elle peut voir, à la verticale, une grosse poutre sombre et un morceau de toit. Puis tout à coup sa tête retombe comme un ressort qui lâche, son front heurte le plancher, et de nouveau le goût de la poussière dans sa bouche.

La femme laisse échapper un bruit incongru,

comme un début de rire nerveux. Elle considère tour à tour la perruque qui est restée dans sa main et le crâne presque rasé de Césaria. Ses yeux luisent d'un éclat de jouissance brute. Elle se penche.

— J'ai déjà ton scalp, salope ! souffle-t-elle.

L'enfant n'a pas bronché. Césaria croise son regard morne, mort.

— Maintenant, tu vas monter ! fait la femme. Et n'oublie pas : un seul mot, un seul ! T'as compris ?... Compris ?

C'est comme si elle hurlait tout près de son oreille. Césaria fait un signe imperceptible.

La femme s'écarte sur le côté et soulève le battant, libérant Césaria de son poids. Celle-ci retrouve les marches sous ses pieds, mais ses jambes tremblent, vacillent, incapables de la porter. Elle plaque ses mains au sol et commence à ramper, avec lenteur. Exaspérée, l'autre l'attrape par les deux bras et la traîne sur le plancher. Les genoux de Césaria raclent le bois, et ses pieds, ses cuisses également. Sa peau écorchée la cuit. La femme finit par la lâcher. Elle va refermer la trappe et le carré jaune s'efface. Césaria reste allongée sur le ventre, sans bouger. Durant un laps de temps très court, elle connaît la paix — elle est traversée par l'idée précise, lumineuse, de ce que pourrait être la plénitude.

Illusion. La femme se redresse et envoie un violent coup de pied dans le cabas. Les victuailles s'éparpillent, une pomme roule un long moment avant de s'immobiliser quelque part dans le noir.

— Alors ? crache la femme en s'accroupissant

près de Césaria. On venait nourrir les bêtes encore une fois ?

Césaria baisse les paupières et soupire en silence. Elle se sent lasse, soudain, comme la pluie lasse.

— La dernière… murmure-t-elle.

— Quoi ?

— C'est fini. C'est ça que j'étais venue vous dire. Plus qu'une nuit. On avait décidé de vous laisser partir demain matin.

— Oh ! mon Dieu, c'est vrai ? fait la femme. Je suis vraiment désolée ! Si j'avais su… Tu entends ça, mon bébé ? Tu entends ce que dit le monsieur ? On n'avait plus qu'une nuit à passer ici. Une toute petite nuit de rien du tout ! Et après, on nous aurait gentiment laissés retourner à la maison. Maman a tout gâché !…

Son ton affecté grince comme une scie.

— C'est vrai, dit Césaria, paupières toujours closes.

Encore ce ricanement mauvais que la femme ne peut retenir. Puis ses mâchoires se crispent, ses narines se dilatent pour fournir un peu d'air à sa poitrine oppressée par la colère.

— Tourne-toi !

Césaria rouvre les yeux et se retourne pesamment sur le côté, un coude à plat. La femme se penche encore, si près que Césaria reçoit son haleine en plein visage. Son haleine de fer. Sa voix est tendue comme le fil d'un arc.

— Qu'est-ce qui est vrai ? fait-elle. Que c'est fini ? Bien sûr que c'est vrai ! Mais pas comme tu crois. Pas pour toi ! Ni pour l'autre salaud, en bas ! Ce serait trop facile !

Elle se relève, sans lâcher Césaria des yeux. Elle semble essoufflée. La pluie continue de pianoter sur le toit.

— Tu sais ce que tu vas faire ?… Tu vas l'appeler. Tu vas lui dire de monter. Qu'il vienne se joindre à notre petite fête… Vas-y, appelle-le !

— Il pourra pas, fait Césaria.

Elle a tout juste terminé sa phrase. Le coup de pied l'atteint au bas-ventre. Son corps se rétracte. Elle tousse. Un liquide amer envahit sa bouche.

— Mais c'est que t'as des couilles, on dirait ! crache la femme. Peut-être que t'aimerais bien qu'on te les coupe ! Hein ? Comme ça, t'aurais la panoplie complète ! C'est ça que tu veux ? C'est ça que tu veux, dis ?… Réponds !

Elle envoie un second coup que Césaria ne peut parer. Le flot de bile jaillit d'entre ses lèvres. Césaria se laisse rouler sur le dos, ses mains comprimant inutilement son ventre blessé. La femme la regarde un instant se tordre sur le plancher. Un drôle de regard, fiévreux, sans pitié, mais décalé en même temps. De longues mèches brunes sont collées à son front, et leurs pointes semblent vouloir s'enfoncer dans ses yeux exorbités.

— Ça suffit ! reprend-elle. Fais ce que je te dis ! Appelle-le ! Appelle ton mac !

Césaria cherche un peu d'air et lâche d'un trait :

— Il est blessé, c'est trop raide, il pourra pas monter !

Elle s'attend à un autre coup, mais rien ne vient. La femme pince ses lèvres déjà blanches. Elle fait quelques pas rapides et nerveux, puis s'arrête de nouveau devant Césaria.

— Très bien, fait-elle. S'il peut pas venir jusqu'à nous, c'est nous qui irons jusqu'à lui. Je m'en voudrais de séparer deux amoureux comme vous !

Elle se tourne ensuite vers l'enfant et sa voix se fait soudain aussi douce que la peluche d'un ours.

— Viens, mon amour, murmure-t-elle. On s'en va… Viens. N'aie pas peur, Maman est là…

Il n'y a pas trace de peur dans le regard de l'enfant. Il n'y a rien. Il ne bouge pas. Sa mère laisse tomber la perruque de Césaria et s'approche de lui. Elle l'aide à se relever. Il se laisse faire. Elle le pousse doucement dans le dos et il avance. Au niveau de Césaria, elle le retient, d'une simple pression des doigts sur son épaule.

— Debout ! fait la femme en pointant le revolver sur Césaria.

Celle-ci se dresse sur ses coudes. Les jambes du gamin sont à hauteur de ses yeux. Elle peut voir les traînées sombres, sales, maculant la peau de ses cuisses et de ses mollets. La puanteur qui s'en dégage est insupportable.

— Debout, allez ! répète la femme.

Césaria s'assoit. Sa perruque, sur le plancher, ressemble à un petit animal tassé sur lui-même. Un petit animal soyeux, et mort. Elle tend le bras pour s'en saisir, mais la femme est la plus prompte, qui shoote et envoie dinguer le postiche un peu plus loin dans la poussière.

— On n'a pas le temps de se refaire une beauté dit-elle. Magne-toi ! Tu passes en premier !

Le revolver a l'air de remuer tout seul dans sa main.

Césaria parvient à se relever. Équilibre instable.

Elle est prise d'une violente nausée et doit ravaler un nouveau flot de bile.

— Avance ! fait la femme.

Césaria fait quelques pas mal assurés sur les planches. Le gamin s'est remis en marche, guidé par sa mère.

Césaria respire un bon coup, rassemble ses forces et ouvre la trappe. La lumière lui fait plisser les yeux. Elle hésite, penchée au-dessus de l'ouverture béante, comme si elle avait découvert le passage secret qui descend aux enfers. Brusquement, elle sent la gueule du flingue s'enfoncer dans ses reins et la joue de la femme contre sa propre joue.

— Tu m'as tout pris ! chuchote celle-ci. Tout ce que j'avais. Tout ce que j'aimais… Tu comprends ça ?

Césaria ne répond pas. Elle pose un talon aiguille sur la première marche en pensant que Dieu l'a choisie.

*

L'eau frémit. Des milliers de bulles minuscules montent en colonnes du fond vers la surface. Clovis surveille, debout devant la gazinière. Il verse du sel dans la casserole, puis s'empare du paquet de pâtes et en déchire l'emballage avec les dents. Des spaghettis. C'est tout ce qu'il sait à peu près faire en matière de cuisine.

Il y a le léger sifflement du gaz, le craquement sec du plastique qu'il arrache, puis le bruit des pas derrière lui.

Clovis se retourne.

Césaria s'est arrêtée dans l'encadrement, mais la femme la pousse dans le dos et déboule à l'intérieur de la pièce. Elle porte l'enfant d'un seul bras et le flingue dans sa main libre.

Durant quelques instants, il n'y a plus que le sifflement du gaz et le frémissement des bulles d'eau.

Clovis s'est immobilisé. Ses doigts se sont refermés autour du paquet de pâtes. Seuls ses yeux bougent, vont de Césaria à la femme, de la femme au gamin, du gamin au flingue, et reviennent inexorablement sur Césaria. Le visage de Césaria. Les lèvres rouges, les boucles d'oreilles, et le crâne rasé de Césaria.

— Surprise ! lâche la femme.

Sans cesser de pointer son arme sur eux, elle dépose délicatement l'enfant dans l'angle formé par le mur et un buffet.

— Ne bouge pas, souffle-t-elle en lui caressant les cheveux.

Elle le laisse là et commence à faire quelques pas dans la pièce, considérant la table dressée, les assiettes blanches et les cierges.

— Je vois qu'on se refuse rien, dit-elle. Dîner aux chandelles, en tête à tête… Comme c'est romantique !

Clovis et Césaria ne semblent même pas l'entendre. Ils se contemplent mutuellement. Regard fasciné de Clovis pour ce visage qu'il connaît sans connaître. Regard triste mais flamboyant de Césaria — « C'est rien, un détail, une épreuve de plus, je suis ta Reine, tu es mon Roi, on s'aimera contre tous et pour l'éternité ! »

Ils sont tirés de leur contemplation par le

vacarme d'une assiette qui se brise. Ils se tournent vers la femme au moment où celle-ci envoie valser la seconde assiette. Puis c'est au tour des verres. Elle les prend l'un après l'autre et les projette d'un coup sec sur le sol où ils éclatent. Après quoi, elle pousse un soupir de soulagement, bref et puissant, puis relève la tête.

Il y a le léger, l'imperceptible sifflement du gaz et le bouillonnement de l'eau.

Clovis, sans s'en rendre compte, écrase les pâtes entre l'étau de ses doigts. La femme contourne la table en faisant craquer les morceaux de verre sous ses semelles.

— Trouve une corde ! lui lance-t-elle. Un bout de ficelle, n'importe quoi. Et tu lui attaches les mains dans le dos, à ta pute !

Clovis remue doucement la tête, de gauche à droite, puis finit par articuler :

— Non.

— Non ? fait la femme.

En deux pas elle est sur Césaria et lui colle le revolver sur la tempe.

— Non ? répète-t-elle.

— Non, dit Clovis.

— Qu'est-ce qu'il y a ? explose alors la femme. Elle te plaît plus, c'est ça ? Tu t'en fous ! Elle est plus assez belle pour toi ? Quelques cheveux en moins et c'est terminé, le grand amour ?... Oh ! mais tu savais pas, peut-être ?

Elle se tourne vers Césaria.

— Tu lui avais pas dit ? Tu l'avais pas prévenu que t'étais qu'une saloperie de travelo avec une perruque sur la tête ?

— Vous pouvez partir, l'interrompt Clovis d'une voix calme et grave. Vous et votre enfant. Vous pouvez prendre la voiture et aller où vous voulez. Vous n'entendrez plus jamais parler de nous.

La femme rit, un rire sauvage qui ressemble à un hennissement et qui cesse presque aussitôt.

— Mais t'as rien compris, toi non plus ! J'en ai rien à foutre, de plus entendre parler de vous ! C'est trop tard ! Où tu veux que j'aille ? J'ai plus rien ! Vous avez... vous avez tué mon mari ! Vous avez tué l'homme que j'aimais ! Vous l'avez tué ! Et mon enfant... regarde-le, mon enfant ! Regarde-le ! hurle-t-elle.

Clovis jette un rapide coup d'œil vers le gosse, immobile dans son coin, totalement étranger à tout ce qui se passe autour.

— Je veux que tu payes ! reprend la femme. Je veux que tu passes le restant de tes jours enfermé derrière des barreaux ! Que t'aies bien le temps de repenser à ça ! Je veux pas que t'oublies ! Je veux que ça te ronge le cerveau comme un rat, et que tu en crèves !... Et pareil pour elle ! Qu'elle finisse sa putain de vie minable en taule ! Qu'elle aille y montrer son cul, puisqu'elle aime ça, et que tous les taulards lui passent dessus jusqu'à ce qu'elle en crève aussi !

Sa haine éclate, brillante, brûlante, écarlate derrière ses larmes. Elle essuie son nez d'un geste vif avec le dessus de la main.

— Prends une corde et attache-la, vite ! Ou je te jure que je tire !

Clovis croise de nouveau le regard de Césaria,

qui n'a pas changé, qui exprime exactement la même chose : « Contre tous et pour l'éternité. »

— Non… dit Clovis.

— Sale enfoiré ! gueule la femme.

Elle laisse Césaria et marche vers lui, le flingue tendu comme un doigt accusateur.

— T'es qu'une pourriture, et un lâche !

Elle avance. Elle n'est plus qu'à un pas de Clovis lorsqu'un bruit détourne son attention. C'est le chuintement de l'eau débordant de la casserole. La mousse blanchâtre se déverse sur le brûloir et étouffe les minuscules flammes bleues tandis que le gaz continue de s'échapper.

— Éteins ce truc ! crie la femme, l'index crispé sur la détente.

Lentement, Clovis pose le paquet de pâtes à moitié broyées sur le bord de l'évier. Il se tourne vers la cuisinière et coupe le gaz. Il n'y a plus que le souffle rauque de la femme pour troubler le silence.

Clovis la regarde. Puis, d'un seul coup, il saisit la queue de la casserole et son bras s'envole vers elle en décrivant un arc de cercle parfait.

La femme reçoit l'eau bouillante en pleine face. Son hurlement de souffrance retentit en même temps que la détonation. Clovis a tenté de s'écarter mais la balle lui traverse l'épaule de part en part. Il s'écroule. La femme continue de hurler, la figure ravagée, sa peau et sa chair comme rongées par une lèpre fulgurante. Elle tire une seconde fois, à l'aveuglette, avant de lâcher l'arme et de porter ses mains vers ce qui reste de ses paupières.

Après un instant de total ahurissement, Césaria

réagit. Elle se jette sur la femme, la déséquilibre et s'empare du revolver. Puis, très vite, elle ajuste et tire.

Le hurlement cesse.

Césaria se précipite alors vers Clovis. Celui-ci est couché sur le flanc droit. Avec précaution, Césaria le fait rouler sur le dos. Le bras de Clovis se déplie lentement, et sa main retombe, inerte, la paume tournée vers le ciel. Une immense tache rouge s'étale sur sa chemise neuve. La seconde balle l'a atteint au thorax. Il ne respire plus.

Césaria pose le revolver par terre et prend la main encore tiède de Clovis, puis elle se met à caresser doucement ses cheveux, son front, ses yeux, sa bouche.

Dehors, la nuit tombe et la pluie s'amenuise. Les cierges se reflètent dans le noir des carreaux. La tache rouge continue de s'élargir comme une ville surpeuplée.

*

Longtemps Césaria reste agenouillée auprès de son amour, sans parler, sans pleurer. Et puis Césaria repose délicatement la main de son amour. Elle prend le revolver et se relève. Ses genoux saignent. Elle se retourne.

L'enfant n'a pas bougé. Césaria avance lentement vers lui. Le revolver, au bout de son bras ballant, frôle la peau nue de sa cuisse. Ses talons rendent un son mat sur le plancher. Elle s'arrête à un mètre du gosse.

Toujours ce regard morne, éteint, qui a tout

perdu jusqu'à l'innocence. Ce regard qui semble fixer un point invisible où nul ne peut le croiser.

— Vagario ?… murmure Césaria.

L'enfant ne répond pas.

Il n'y a rien dans ce regard.

Ce regard est insoutenable.

Césaria lève le bras et tire.

18

La pluie s'est arrêtée. Les nuages s'effilochent, dévoilent un quart de lune dénudé, sa peau de vieille, grise. Tout est humide et mou. Tout est vaincu, tête basse. Tout s'égoutte et suinte.

Césaria sort le bidon d'essence et referme le coffre de la Jaguar. Devant elle s'étend le champ de tournesols ; ça ne veut plus dire grand-chose, une masse informe, le dos rond, chaque tige courbée vers la terre grasse comme sous un poids trop lourd ; le chagrin, peut-être. Ou la honte.

Césaria retourne dans la maison. Elle se rend directement dans la chambre et dépose le jerricane au pied du lit sur lequel gît Clovis. Son corps nu entre les draps. Elle l'a lavé, une fois encore. Une serviette-éponge, mouillée, qui a bu tout le sang de ses plaies. Elle a ôté les bandes blanches ceignant ses reins. Le drap est remonté jusque sur son torse et ses mains se croisent par-dessus. Ses yeux sont clos.

Je vous en conjure, filles de Jérusalem,
Ne réveillez pas, ne réveillez pas l'amour,
Avant qu'elle le veuille.

Bien sûr, les cierges qui se consument sur la table de nuit.

Césaria s'assoit sur le bord du lit. Elle a remis sa perruque, passé de l'eau fraîche sur sa figure, sur ses genoux écorchés. Elle est belle et le silence est grand.

Au bout d'un long moment, Césaria défait sa chaîne en or et récupère la chevalière gravée de la lettre *C* qui pendait sur sa poitrine, à côté de la croix. Elle la passe au doigt de Clovis. Elle serre, elle baise le bout de ses doigts raidis avant de les libérer.

Après quoi, Césaria se lève et dévisse le bouchon du jerricane. Elle arrose le lit et le plancher de la chambre, puis la salle à manger telle qu'elle l'a laissée, avec les bris de verre, les chaises renversées et le cadavre de la femme recroquevillé à même le sol — ses longues mèches brunes font comme une voilette de deuil devant son visage ravagé.

Césaria jette le bidon vide. Debout sur le seuil de la maison, elle frotte une allumette et la laisse tomber.

D'abord il ne se passe rien — une fraction de seconde. Puis il y a un léger crépitement et un tapis de feu se déroule d'un seul coup comme une vague sur le sable. C'est bleu, presque transparent, ça devient jaune, orange, les flammes grandissent, montent le long de la table et s'attaquent à la toile cirée, qui se racornit, qui se rétracte, des dizaines de petites cloques naissent et éclatent aussitôt, et le plastique cramé produit une fumée noire à l'âcre puanteur.

Un peu plus loin, ce sont les cheveux de la femme qui s'enflamment. Et la vague brûlante, dévastatrice, continue de s'étendre. Elle atteint maintenant la chambre, elle s'enroule aux pieds du lit et soudain le lit s'embrase avec un bruit de soufflet géant. Le corps de Clovis se retrouve au centre d'un cercle de feu.

Je vous en conjure, filles de Jérusalem…

Bientôt le cercle se refermera ; bientôt la peau de Clovis grésillera et noircira, comme le tissu des draps, comme le bois et le plastique, comme tout, des milliers de petites cloques sur sa peau, qui gonflent puis éclatent, et sa peau fondra comme fondra l'or de la chevalière autour de son doigt, l'or et la chair en fusion, et la lettre *C*, mêlés, scellés à jamais dans un magma brûlant et dans les cendres froides qui s'ensuivront.

Ne réveillez pas, ne réveillez pas l'amour,
Avant qu'elle le veuille.

C, ça fait pour Casper, Capitaine, pour Clovis, pour Césaria, pour Carnage et Constellation.

Dans un angle du plafond, une minuscule araignée regarde sa toile partir en fumée. Elle panique, elle crie, elle verse sur le foyer des larmes acides, mais ça ne suffit pas ; les flammes s'élèvent, viennent à elle et la happent, et la petite faucheuse grésille et brille un court instant d'une lueur plus vive, tout comme ces lucioles dont elle raffolait.

Césaria s'est reculée jusqu'au milieu de la cour. Elle contemple l'immense brasier et les mots défilent dans sa tête. C'est comme ça, elle ne contrôle pas, le chant sacré dans sa tête, c'est beau, elle sent le souffle et la chaleur sur son front et cette épaisse fumée noire c'est son amour de toutes les couleurs qui s'élève, qui monte au ciel, qui s'envole, libre, et c'est beau, c'est magnifique.

Les vitres de la maison explosent et les morceaux de verre s'éparpillent comme des pétales de roses sur le parvis d'une église.

Alors Césaria se détourne. Elle se dirige vers le petit muret sur lequel elle a posé son sac à main à lamelles argentées. Elle en passe l'anse autour de son épaule. L'heure est venue. Ses yeux se posent sur l'enfant.

Il est assis là, à côté, à la place où naguère paressaient les chats maigres, enveloppé dans une couverture d'où seule sa petite bouille émerge. Césaria se rapproche, elle le soulève et le prend dans ses bras. Dieu l'a voulu. Six balles dans le revolver : trois pour Faber, deux pour Clovis, une pour la femme. Rien pour l'enfant. Barillet vide. Un petit clic misérable et tout s'éclaire. Dieu l'a voulu ainsi.

La Vierge comprend ça. Le sourire, le doux visage de la Vierge au creux de sa niche de pierre. Ses yeux de porcelaine illuminés par les reflets fauves des flammes. Césaria partage, renvoie à la statue le même regard, miséricordieux, plein de bonté, mais toujours troublé, malgré elle, d'une infime buée de condescendance.

Elle sait maintenant ce que c'est que de porter l'enfant. Le poids qu'il pèse et les ailes qu'il donne.

Elle prend à gauche sur le chemin et s'éloigne dans la direction opposée au village. Ses talons s'enfoncent dans la nuit et la boue.

19

« J'ai rêvé qu'il revenait… murmure Césaria. J'ai rêvé qu'il se glissait dans mon lit et qu'il se serrait contre moi, comme ça… Je sentais ses petits pieds froids contre mes jambes. Je sentais ses cheveux. Quand il remuait, ses cheveux me chatouillaient le nez… Chante ! Chante !… J'ai rêvé que je n'étais pas partie cette nuit-là. J'ai rêvé que j'étais là, comme toutes les nuits, il venait se blottir contre moi et réchauffer ses petits pieds… Chante ! Chante ! il disait toujours… Il avait peur, tu sais. Maman disait qu'il voyait des ombres qu'on ne voyait pas. Il fallait que je chante pour qu'il s'endorme… Vagario… J'ai rêvé que je chantais… »

Césaria chante. Ce n'est au début qu'un fredonnement venu du fond de la gorge, une mélodie sans paroles. Mais peu à peu les mots reviennent, comme semblent renaître certaines petites étoiles dans un ciel vraiment noir.

« *Vagario… Vagario perdilino…* » chante Césaria.

La berceuse s'interrompt parfois, dérape, au gré des bosses et des mauvais trous que son pied rencontre.

L'enfant a niché sa tête entre son cou et son épaule.

« Il avait peur de tout. De la nuit. Il pouvait rester des heures entières accroupi dans un coin, sans rien dire, sans bouger. Il se cachait. Il serrait ses genoux contre lui et il regardait. On ne sait pas quoi. Maman disait que c'étaient des ombres… Vagario… C'est elle qui l'appelait comme ça… Il était un peu plus grand que toi. Pas beaucoup. Cinq ans, six ans… Il a dû monter sur une chaise, tu sais, pour ouvrir la fenêtre… Ses petits pieds froids sur la chaise. Sur le rebord de la fenêtre… C'est moi qui ai inventé la chanson. Il voulait que je chante… Les voisins l'on dit : il n'a même pas crié. Maman n'a rien entendu. Elle a dit que c'étaient les ombres qui l'avaient appelé… Pauvre Vagario… Il est venu dans mon lit, comme toutes les nuits. Il avait peur. Mais mon lit était vide. Personne pour le réchauffer. Personne pour chanter. Personne. Rien que les ombres… »

« *Vagario… Vagario perdilino…* »

Césaria chante. Sa voix emplit l'obscurité. Les cheveux de l'enfant frôlent sa joue et elle frotte sa joue contre eux de temps en temps. La berceuse forme une voûte pâle au-dessus de leurs têtes.

« N'aie pas peur… N'aie plus peur, Vagario petit frère, petite mousse… Je suis là, tu vois. Je n'ai pas bougé… Viens contre moi. Viens réchauffer tes petits pieds tout contre moi… Là… Comme ça… Vagario perdilino, je ne te lâcherai plus… J'ai rêvé que tu revenais… Si tu veux que je chante, je chanterai. Je chanterai jusqu'à ce que tu t'endormes. Et je m'endormirai aussi, à côté de toi. Et si tu vois des ombres, je les verrai aussi… Tu n'auras plus peur. Plus jamais peur, Vagario. Je serai toujours là. Je ne pars plus. Je ne te laisse plus. Et je chante, je chante pour toi, Vagario. Tant que tu voudras… Écoute… Écoute… »

« *Vagario… Vagario perdilino…* » chante Césaria.

Mais l'enfant ne l'entend pas. Il dort, dans le nid, entre son cou et son épaule.

*

Ses chaussures sont trempées. Elle a marché toute la nuit, sans s'arrêter, l'enfant dans ses bras. La maison en flammes éclairaient ses premiers pas, mais peu à peu la lueur s'est estompée. Elle a buté sur des cailloux, elle a glissé dans des ornières profondes, des flaques d'eau que la lune grise ne dévoilait pas. Elle a continué à avancer. Des kilomètres, longer des bois, des forêts silencieuses, des champs clôturés, des prés où l'œil rond des bovins luisaient sur leur passage, contourner des villages et des fermes isolées. Longtemps après, elle a entendu la sirène des pompiers, un ou deux camions, comme des jouets, qui fanfaronnent. C'était loin. Elle ne s'est pas retournée.

Césaria marche. Elle ne sent plus ses jambes, ni ses bras. Pas de fatigue pourtant. Non. Pas de fatigue. Dieu l'a choisie. Dieu les a choisis, elle et l'enfant qu'elle porte. Il dort encore. Parfois, elle reprend sa berceuse, fredonne, chante, *Vagario perdilino*, les bestioles dans les buissons écoutent sans comprendre. « Je ne te quitterai plus », elle pense, et le serre un peu plus fort.

Sous ses chaussures trempées, le sol s'est transformé sans qu'elle s'en aperçoive. Terre, goudron, macadam. La voie s'est élargie. Elle a marché jusqu'à cette heure indécise entre l'aube et l'aurore. Le ciel s'ouvrait, montrait ses failles à l'horizon. À trois cents mètres devant elle, Césaria voit passer des phares sur une route perpendiculaire. C'est sans doute à ce moment-là qu'elle s'éveille.

Parvenue au croisement, elle enjambe un petit fossé, sur le bas-côté, et dépose l'enfant à terre, l'adossant contre un talus parsemé d'herbe humide d'anciennes pluies et de rosée. La couverture le protège. Il entrouvre une paupière.

— Ne bouge pas, murmure Césaria en lui caressant les cheveux.

L'enfant se rendort, la tête penchée.

Césaria se redresse. Elle jette un regard circulaire et ses narines se dilatent tandis qu'elle hume l'air comme une mère fauve s'apprêtant à chasser. Là-bas, l'horizon rosit.

Césaria rejoint le bord de la nationale. De son petit sac à main à lamelles argentées elle tire un bâton de rouge et un poudrier, puis se remaquille en s'aidant du minuscule miroir incrusté.

Survient le bruit sourd d'un moteur qui gronde au loin. Qui peine dans une légère côte. Qui persévère. Césaria aperçoit bientôt les deux falots laiteux au bout de la ligne droite. Elle jette un dernier coup d'œil sur son reflet. Satisfaite, elle range ses ustensiles dans le sac. Le fermoir claque.

Le véhicule se rapproche, commence à freiner. C'est un camion qui va de Dijon à Nice avec une cargaison de douze mille cinq cents pots de moutarde extra-forte. Sur le haut du pare-brise, un autocollant : *Squizz la souris*, c'est écrit.

Césaria lui fait face. Elle tend le pouce et ses lèvres se retroussent, exhibant son sourire. Le bahut ralentit encore. Ralentit. Ralentit.

Ses phares saisissent dans leur pâle éclat les cuisses nues de Césaria. Et ses dents incroyablement blanches.

DU MÊME AUTEUR

Aux Éditions Zulma

GARDEN OF LOVE, 2007.

INTÉRIEUR NORD, 2005.

LA PART DES CHIENS, 2003.

MON FRÈRE EST PARTI CE MATIN..., 2003.

ET TOUS LES AUTRES CRÈVERONT, 2001.

Aux Éditions Fleuve Noir

CARNAGE, CONSTELLATION, 1998, Folio Policier n° 506.

LE LAC DES SINGES, 1997.

LE DOIGT D'HORACE, 1996.

Aux Éditions Baleine

LE VRAI CON MALTAIS, collection Le Poulpe, 1999.

Aux Éditions Six pieds sous terre

LE VRAI CON MALTAIS, illustrations de Jampur Fraize, 2002.

Aux Éditions du Seuil

CENT JOURS AVEC ANTOINE ET TOINE, 2000.

Aux Éditions Autrement

PLAGE DES SABLETTES, souvenirs d'épaves, photographies de Stéphanie Léonard, collection Noir urbain, 2005.

Aux Éditions Syros Jeunesse

SCARRELS, 2008.

LE CHAT MACHIN, illustrations de Candice Hayat, 2007.

LE CHAPEAU, illustrations de Rémi Saillard, 2007.

L'ÉCHELLE DE GLASGOW, collection Tempo +, 2007.

IL VA VENIR, collection Souris noire, 2006.

Aux Éditions Pocket Jeunesse

DE POUSSIÈRE ET DE SANG : que renaissent les légendes, 2007.

BANDIT, 2005.

SOUS MA COUVERTURE, 2001.

Composition Interligne
Impression Novoprint
le 09 avril 2008
Dépôt légal : avril 2008

ISBN 978-2-07-034466-6/Imprimé en Espagne.

149298